白轮船

[吉尔吉斯斯坦] 钦吉斯·艾特玛托夫 著
力冈 译

译林出版社

图书在版编目（CIP）数据

白轮船 / (吉尔) 钦吉斯·艾特玛托夫著 ; 力冈译. 南京 : 译林出版社, 2025. 6. -- ISBN 978-7-5753-0717-8

I. I364.84

中国国家版本馆CIP数据核字第2025QB5110号

著作权合同登记号　图字：10-2024-476号

白轮船　[吉尔吉斯斯坦] 钦吉斯·艾特玛托夫／著　力冈／译

责任编辑　刘自然
特约编辑　蔡若兰
装帧设计　DarkSlayer
内文设计　叶金龙
校　　对　张菁菁
责任印制　单　莉

出版发行　译林出版社
地　　址　南京市湖南路 1 号 A 楼
邮　　箱　yilin@yilin.com
网　　址　www.yilin.com
市场热线　025-86633278
排　　版　南京展望文化发展有限公司
印　　刷　安徽新华印刷股份有限公司
开　　本　889 毫米 × 1270 毫米　1/32
印　　张　6
版　　次　2025 年 6 月第 1 版
印　　次　2025 年 6 月第 1 次印刷
书　　号　ISBN 978-7-5753-0717-8
定　　价　45.00 元

目录

第一章　两个故事

他有两个故事。一个是他自己的，别人谁也不知道。另一个是外公讲的。这两个故事到后来一个都没有留下来。我们要说的就是这回事。

那一年他满七周岁，虚岁八岁了。

故事的开头是买了一个书包。那是一个黑色的人造革书包，提手下面有明晃晃的金属拉链，还有装小东西的小夹袋。总而言之，是一个很不平常却又平平常常的书包。也许，种种事情就是这个书包惹出来的。

这个书包是外公在外来的流动售货车上买的。流动售货车经常带着山区牧民所需的货物到处跑，有时也到圣塔什河谷来，到他们的护林所转转。

从护林所这里往上去，峡谷里、山坡上，全是国家保护的山林。这个护林所总共才三户人家，可是流动售货车还是时不时来“光顾”一下这些看山林的人。

他是三户人家中唯一的男孩，总是他首先发现流动售货车的到来。

“来啦！”他喊着，朝各家的门口或窗口跑去，“卖东西的汽车来啦！”

这条行车路从伊塞克湖畔通到这里，一路上经过的全是峡谷、河岸，尽是石头和坑洼。汽车走这样的路是很不容易的。流动售货车要先到卡拉乌尔山前，从山谷底部慢慢往上爬，然后再顺着又陡又滑的斜坡往下走很久，才能来到护林人的家门前。卡拉乌尔山就在护林所旁边，夏天，小男孩差不多每天都要跑到山上去，用望远镜眺望伊塞克湖。站在山上望去，路上的一切——步行的、骑马的，当然还有汽车——全都看得清清楚楚，就像是在手心里把玩的物件。

这一次看到流动售货车，是在一个炎热的夏日。孩子正在自家的水池里玩水，看到汽车一路灰尘滚滚地顺着斜坡开了过来。水池就在河边的浅水处，底部铺着鹅卵石。这是外公用石头垒成的。如果没有这个水池，说不定这孩子早就不在人世了。正如外婆说的，河水可能早就冲干净了他的骨头，一直把他冲到伊塞克湖里，给鱼鳖虾蟹做伴了。到时候谁也不会去找他，谁也不会为他哭。因为谁也犯不着钻到水里去，因为没有多少人心疼他。当然，暂时还没出过这种事。要是出了这种事，说不定外婆真的不肯扑上去救他。如果他是她亲生的外孙，那当然不同啦。可是，外婆说，他是外人。不论怎么养活他，不论把他拉扯多大，外人总归是外人。是外人呢……要是他不想当外人呢？为什么偏偏他该算外人？也许，外人不是他，而是外婆自己呢？

不过，这一点以后再讲，外公修水池的事也以后再讲……

当时，他看到了流动售货车，车子正在下坡，车后拖着一团团灰尘。他高兴极了，就好像知道外公准会给他买一个书包似的。他立即从水里蹦出来，迅速将裤子套到细细的腿上。他

身上还水淋淋的，浑身发青（因为河水很凉），就顺着小道朝家里跑去了。他要抢先报告流动售货车到来的消息。

这孩子飞快地跑着，蹦过一丛丛的矮灌木，遇到跳不过去的大石头就绕过去。无论是高高的草丛，还是凌乱的石堆，都不能让他停留片刻。尽管在他心里，它们都很不普通——它们可能会生气，甚至会伸出腿来绊他一跤。“卖东西的汽车来了，我等一会儿再来。”他一面跑，一面朝“睡骆驼”（这是他给一块下半部分埋在土里的赭色驼背状花岗岩取的名字）喊道。平时，他不在他的“睡骆驼”的背上拍几下，是不会轻易离开的。他总是拿出主人的姿态拍拍它，就像外公拍他那匹短尾巴骏马那样，随随便便，大模大样，边走边拍，还要说一声：“你在这里等一会儿，我去办点儿事就回。”他有一块“马鞍”石，是一块半白半黑的花斑石，当中有一道凹腰，可以像骑马一样骑在上面。他还有一块“狼”石，很像一只粗脖子、大脑门、毛色褐中带白的狼。他常常朝它匍匐前进，朝它瞄准。而他最喜欢的石头还是“坦克”。那是一块紧靠河边的巨石，巍然屹立在被河水反复冲刷的岸上。看架势，这“坦克”就要从岸上冲下去，向前行进，而河水也会跟着沸腾起来，溅起白色的浪花。因为在电影里坦克就是这样行进的，从岸上冲到水里，前进……这孩子很少有机会看电影，因此，他把在电影里看过的东西记得很牢。外公有时带他到山后附近的国营农场种畜场去看电影，因此岸边就出现了时刻要冲过河去的“坦克”。

他还有其他的石头，如“坏家伙”和“好人”，甚至还有“机灵鬼”和“笨蛋”。

在他看来，花草之中也有“可爱的”“可恶的”“勇敢的”“胆小的”，以及其他各种各样的。比如说，带刺的田蓟就是他主要的敌人。他一天要跟田蓟“厮杀”几十次。但这场战争总是结束不了，因为田蓟不断在生长，而且越来越多。可是，你瞧瞧野牵牛花，虽然也是遍地生长的野花，它们却是顶聪明、顶快乐的花儿。早晨，它们最会迎接太阳。别的花草什么也不懂，无论是早晨还是晚上，全都一样。可是牵牛花，阳光一照，就睁开眼睛笑了。先是睁开一只眼睛，然后又是一只，最后所有卷着的花朵儿一个接一个都张开来了。白色的、淡蓝色的、淡紫色的，还有其他各种颜色的……如果坐到它们旁边，别吱声，就能听到它们睡醒后的悄声细语。连蚂蚁也知道这一点。早晨，蚂蚁总爱在牵牛花上跑，在阳光下眯着眼睛，听听花儿在说些什么。也许，说的是昨夜的梦。

白天，一般是在中午，他喜欢钻到枝条细密的色拉尔珍草的草丛里去。色拉尔珍草很高，没有花，却非常香，一蓬一蓬、密密实实地攒在一起，不许别的草靠近。色拉尔珍草是很可靠的伙伴，如果有什么委屈想哭一场而又不愿让别人看到，躲到色拉尔珍草的草丛里去是最好的。色拉尔珍草散发的香气，就像松树林里的气味。躲在色拉尔珍草里会觉得又温暖又安静。更重要的是，色拉尔珍草不会遮住天空，你尽可以仰面躺着，眺望天空。最开始你可能泪眼模糊，几乎什么都分辨不出，随后云彩就会飘过来，在顶上变幻出你想看的一切。云彩知道，你很不开心，你想远走高飞，叫谁也找不到你，叫大家都唉声叹气：唉，这孩子不见了，现在咱们到哪里去找他啊……为了不出这种事，为了叫你永远不要走掉，为了让你静静地躺着欣赏云彩，你想要什么，云彩就变什么。一样的云彩可以变幻出千奇百怪的东西，只要你会欣赏云彩的巧工。

色拉尔珍草的草丛里非常安静，而且它们不会遮住天空。散发着热烘烘的松树气味的色拉尔珍草就是这样的……

他还知道许许多多关于草的事情。比如，他有点儿瞧不起那些长在河滩草地上的银光闪闪的长羽针茅。这些长羽针茅真是奇怪！一点儿主见都没有。它们那柔软、光滑的细叶儿仿佛没有风就不能活一样。它们成日就等着风来，风往哪边吹，它们就往哪边倒，而且是一齐弯过去，弯得那样整齐，就像是听到命令似的。可是如果下起小雨或者大雷雨，长羽针茅就不知往哪里躲藏了。它们慌慌张张、跌跌撞撞，拼命向地上贴。要是有腿的话，它们大概会跑得无影无踪——可是这一切全是装的，等雷雨一过，这些没有骨气的长羽针茅又在风中摇曳了，风往哪边吹，它们就往哪边倒……

这孩子没有伙伴，天天生活在这些自然景物的怀抱里，只有流动售货车能使他放下一切，拼命地跑去迎接。毕竟流动售货车可不是石头或者野草。流动售货车上什么东西没有啊？！

当他跑到家时，流动售货车已经快要从房子后面开到院子里来了。护林所的几座房子都面对着河，房子前的院子连着直达河边的平缓斜坡，而在河对面，陡立的河岸之上便是漫山的森林。所以，来护林所的路只有一条，那就是从房子后绕过来。如果不是这孩子及时赶到，谁也不会知道流动售货车已经到了。

这时，男人们都不在家，他们一早就出门了。女人们正在忙家务。孩子尖声叫了起来，朝各家门口跑去："卖东西的汽车到啦！已经到啦！"

女人们忙活起来，连忙去找藏好的钱，争先恐后地跑了出来。连外婆都夸奖起他来："咱们这里就数他眼尖！"这孩子感到十分得意，就好像流动售货车是他亲自带来的。他简直高兴极了，因为是他给她们带来这个好消息，因为他可以和她们一起朝后院跑，一起在带篷货车的车门口挤来挤去。但是，一来到售货车前，这些女人马上就把他忘了。她们顾不上他了。车上各色各样的货物都有，她们的眼睛一下子就看花了。女人总共有三个：外婆、别盖伊[①]姨妈（是他妈妈的姐姐，也是这护林所的头儿护林员奥罗兹库尔的老婆）和抱着小女孩的年轻媳妇古莉查玛[②]（她是辅助工谢大赫玛特的老婆）。总共就三个

①"别盖伊"在吉尔吉斯语中，作为女子的名字意为"坚强的女人"。——编注（后文如无特殊说明，均为编注）

②"古莉查玛"在吉尔吉斯语中意为"有花一样美丽的容颜"。

女人，但是她们你争我抢地将货物翻来倒去，乱哄哄的，使得售货员不得不要求她们排队，不要一齐乱嚷嚷。

不过，他的话对女人们不起什么作用。她们先是把东西一把搂过来，然后开始挑选，接着又把选过的东西一样一样还回去。她们把一些东西排列出来，比试比试，讨论讨论，翻来覆去地看又拿不定主意，一个问题问上几十遍。有的东西她们不喜欢，有的太贵了，有的颜色又不合适……孩子站在旁边，慢慢觉得无聊。他期盼出现一点儿奇迹的那种心情消失了，看到流动售货车下山时的那股高兴劲儿没有了。流动售货车突然成了堆满各种破烂的普通汽车。

售货员皱起眉头，他看不出这些女人会买什么东西。他为什么要大老远翻山越岭地赶到这里来呢？

果然，不出所料，女人们开始往后退了。她们的热乎劲儿冷了下来，甚至好像是累了。不知为什么，她们又说起自己不买的理由。不知是在互相解释，还是在说给售货员听。外婆首先抱怨说没有钱。没有现钱，就不能买现货。别盖伊姨妈不经男人允许，是不敢买大件物品的。别盖伊姨妈是世界上最不幸的女人，因为她没有小孩，奥罗兹库尔常常喝了酒就打她。这也让外公非常难受——别盖伊姨妈终究是外公的亲生女儿呀！这一回，别盖伊姨妈买了一两样小东西和两瓶伏特加酒——真是白糟蹋钱，自讨苦吃。

外婆忍不住了，问："你为什么要自找倒霉？"外婆不想叫售货员听到，声音很低。

“我自己知道。”别盖伊姨妈毫不客气地回嘴说。

“真蠢！”外婆小声说。她的声音变得更低，还带着一种幸灾乐祸的意味。要不是售货员在场，她早就开始大骂别盖伊姨妈了。天哪，她们可别吵起来……

幸亏年轻媳妇古莉查玛开口打了岔。她向售货员解释起来，说她的丈夫谢大赫玛特很快要去城里，进城是要花钱的，所以她不能大手大脚地花钱了。

她们就这样在售货车旁挤了一场，像售货员说的，买了“一个子儿”的东西，就各自回家去了。哼，这算什么生意！售货员朝离开的女人们的背后啐了一口唾沫，就动手收拾被翻乱的货物，准备开车走了。这时，他注意到了小男孩。

“你想干什么，大耳朵？”他问道。这孩子有两只招风耳，脖子细细的，脑袋又大又圆。“想买东西吗？那就快一点，不然我就收摊了。你有钱吗？”

售货员只不过因为无事可干，随便了问一句，孩子却恭恭敬敬地回答说：“不买东西，叔叔，我没有钱。”他还摇了摇头。

“依我看，你有钱。”售货员装作不相信，拉长声音说，“你们这里的人都是大财主，装穷罢咧。你那口袋里是什么，不是钱吗？”

“不是的，叔叔。”他还是很诚恳、很认真地回答，并且把一个破口袋翻了过来（另一个口袋已经缝死了）。

“这么说，你的钱都漏掉啦。快到你跑过的地方找找去，准能找到。”

他们沉默了一会儿。

“你是谁家的？”售货员又问道，“莫蒙老汉家里的，是不是？”

孩子点了点头。

“是他的外孙吧？”

“是的。”孩子又点了点头。

“你妈妈在哪里？”

孩子一声不响。他不愿提这件事。

“你妈妈呀，一点儿音信都没有。你也不知道，是吗？”

“我不知道。”

“你爸爸呢？也不知道吗？”

孩子不作声。

“你啥也不知道，伙计，你这是怎么回事呀？”售货员用开玩笑的口吻责备他。“好吧，既然不知道，那就算了。拿着！”他抓过一把糖果，“吃去吧。”

孩子不好意思起来。

“拿着，拿着。别耽误时间。我该走了。”售货员说。

孩子将糖果装进口袋，便准备跟在汽车后面跑，送一送流动售货车。他唤来了那条懒得要命的长毛狗巴尔捷克。奥罗兹库尔一直说要打死这条狗。他总说：“养这样的狗有什么用？”

可是外公一直央求他等一等，说得先养起一条护羊犬，然后才能把巴尔捷克带出去宰掉。巴尔捷克啥事也不管，吃饱了就睡，饿了就盯着人讨吃的。它不分自家人和外人，只要给吃的就行。巴尔捷克就是这样一条狗。不过有时候太无聊，它也会跟在汽车后面跑跑。当然，跑得不远。刚刚放开步子，它就会突然转头跑回家。真是条不争气的狗！不过，带着狗跑还是比不带狗强一百倍。不论是什么样的狗，总归是一条狗……

孩子背着售货员，悄悄地扔给巴尔捷克一块糖果。“听好了！”他警告这条狗，“咱们得跑很久呢。”巴尔捷克叫了两声，摇摇尾巴，表示还想吃。可是他不敢再给它了。人家会不高兴的。人家给他一大把糖，可不是喂狗的。

恰好这时，外公回来了。老人家刚才是到养蜂场去了。在养蜂场里是看不到家门口的事的。好在外公回来得及时，流动售货车还没有走。真巧啊，要不然，他外孙就不会有书包了。今天这孩子真走运。

那些过分精明的人给莫蒙老汉取了个外号，叫“老好人莫蒙[①]”。方圆左近的人都认识他，他也认识所有的人。莫蒙之所以得到这样的外号，是因为他一向对任何人都十分热忱。哪怕是只有一面之识的人，他都乐意随时为别人做事，为别人效劳。不过，谁也不看重他的热忱，就好比一旦开始无偿地散发黄金，黄金就不可贵了。人们对待莫蒙，也不像对待一般他这

①“莫蒙”在吉尔吉斯语中表达“老实巴交”之意。

种年纪的人那样尊敬，跟他相处时很随便。不论为哪一位德高望重的布古族长者举行盛大的丧宴（莫蒙是布古族人，他觉得参加同族人的丧宴是一种荣耀，从不放过参加的机会），都派他宰牲口、迎接贵宾、扶贵宾下马、献茶，要不然就是劈柴、挑水。在盛大的丧宴上，四面八方来的宾客那样多，操劳的事能少得了吗？但不论交给莫蒙什么事情，他都干得又快又好，主要是因为他不像别人那样偷懒耍滑。村里那些负责操办丧宴、接待大批客人的年轻媳妇，看到莫蒙干活干得那样麻利，总要说："要不是老好人莫蒙，我们真招架不住！"

这位带着外孙远道而来的老人家，常常给烧茶炊[①]的人打下手。别人处在他这种地位会觉得屈辱，会受不了，莫蒙却毫不在乎。

一把年纪的老好人莫蒙殷勤地为客人效劳，谁也不觉得稀奇。他被叫了一辈子老好人莫蒙，本来就因为这一点嘛。怪只怪他自己是老好人莫蒙。要是旁人表示稀奇，问："你这么大年纪，为什么要给女人跑腿办事，难道这村里的小伙子都死光了吗？"莫蒙就回答说："死者是我的兄弟（他把所有的布古人都当作自己的兄弟，其实死者同其他客人的关系更为密切）。给他办丧宴，我不来干，谁来干呢？只有这样，我们才叫一家人，打从我们的老祖宗长角鹿妈妈起，我们布古人就是一家人了。圣母长角鹿传给我们的是友爱，要我们一举一动、一思一

①茶炊：用来烧制茶汤的金属水壶，俄罗斯茶文化中特有的茶具。

念都要做到这一点……”

老好人莫蒙确实就是这样的人！

老老少少都跟他“你我”相称，还可以拿他开玩笑，因为老头子是个没有脾气的人；甚至可以拿他不当回事儿，因为老头子是个从不计较的人。难怪俗话说，不学会使人尊敬自己，就要受人欺负。他就没学会。

他这一生会做许多事情。会做木匠活儿，会做马具，会堆草垛。他年轻的时候在农场里干活儿，草垛堆得顶漂亮，到冬天都叫人舍不得拆掉。雨水落到他的草垛上，就像落到鹅身上一样，哗哗地往下流；大雪落到上面，就像是盖起了两面坡的屋顶。战争时期，他当过工程兵，在马格尼托城为工厂砌过墙，被大家比作劳模斯塔汉诺夫。复员后，他在护林所搭起房子，管起了森林。虽然他名义上是个辅助工，可实际管理森林的就是他，他的女婿奥罗兹库尔则将大部分时间用于外出交游。除非有时上司突然来到，奥罗兹库尔才亲自领着上司到森林里转转，陪着打点儿野味，这时他才成了当家人。莫蒙还照料牲口、养蜂。他从早到晚都在干活儿，忙忙碌碌地过了一辈子，可就是没有学会使别人尊敬自己。

再说，莫蒙的外表也没有一点儿长者的威仪。既不气派，又没架子，更不威风。他是个老好人，而且叫人一眼就可以看出他身上有这种不起眼的人类特征。古往今来，现实都在教训这样的人：“别做好人，快做恶人！给你一鞭子，再来一鞭子！快做恶人！”可是，不幸得很，他始终是一个屡教不改的好人。他的脸总是笑眯眯的，笑得皱纹上又起皱纹，眼睛好像总是在问：“你要什么？你要我给你做点儿什么事吗？你要怎样，只管对我讲，我马上就办。”

他那鼻子软软扁扁的，好像根本没有鼻梁骨。他的个头儿不高，是个麻利的小老头儿，还像个半大孩子。胡子嘛……胡子也不像样。真是好笑，光光的下巴上有三五根红毛，这就算是胡子了。

有时，你可以看到一位仪表不凡的长者骑马在路上走过：他的胡须就像一抱小麦，身穿肥大的皮袄，宽宽的羊羔皮领子翻在外面，头戴名贵的皮帽，骑着高头大马，连马鞍也是镀了银的，俨然一副圣人或先知的气派。对这种人鞠几个躬也够荣幸的。这种人到处受人尊敬，而莫蒙生来就只是一个老好人莫蒙。也许，他唯一的优点，就是不怕在别人眼前失去自己的尊严（他坐也不讲究，笑也不讲究，说话、回答都不讲究……这也不讲究，那也不讲究）。就这方面而论，莫蒙自己也想不到，他竟是一个少有的幸运儿。很多人的死，与其说是由于疾病，毋宁说是由于朝思暮想、处心积虑、时时刻刻要抬高自己的身价。（谁又不希望当一个聪明、漂亮、叫人看得起，同时又八面威风、一贯正确、举足轻重的人呢……）

莫蒙却不是这样的人。他是个怪人，人们也就拿对待怪人的办法对待他。

只有一件事可以使莫蒙生气，那就是在为某人筹办丧宴的时候，对方忘记请他去参加亲属会议。在这种情况下，他往往气得不得了，而且十分难过，但这不是因为对方没有拿他当回事儿——反正在这种会议上他也起不了什么作用，不过到到场罢了——而是因为破坏了古老的传统。

当然，莫蒙也有自己的不幸和伤心事，他为这些事情痛苦，常常在夜里哭。这一点，外人几乎一无所知，只有家里人知道。

莫蒙刚看到站在流动售货车旁边的外孙时，就看出这孩子有不称心的事。但售货员毕竟是远道而来的人，老人家还是先跟他打招呼。他迅速翻身下马，两只手一齐向售货员伸了过去。

“恭喜发财！大商人。”他半开玩笑半认真地说。“你的商队平安到达啦？生意兴隆吧？”莫蒙满面春风地摇撼着售货员的手，“咱们多日没见啦！欢迎欢迎！”

售货员听了他的话，看着他那寒碜的衣着（还是那双绽开了缝的油布靴，还是老太婆做的那条粗麻布裤、破褂子，还是那顶由于雨淋日晒变成褐色的破毡帽），不禁淡淡一笑，回答说：“商队倒是平安无事。不过，不好的是，商队到你们这里来，你们却躲到森林、山谷里去了。而且还要叫女人们守住每一个子儿，就像守住命一样。这里哪怕货物堆成山，都没有人舍得花钱。”

“别见怪，好同志。”莫蒙不好意思地道歉，“我们要是知道你来，决不会跑开的。至于没有钱，这是没有办法的事。到秋天，等我们卖掉土豆……”

“随你讲吧！”售货员打断他的话，“反正我了解你们这些臭财主。你们住在山里，土地、干草要多少有多少。周围都是森林，三天也跑不遍。你不是还养牲口、养蜂吗？可是要花钱就舍不得了。你就买床绸被面吧，缝纫机也还有一架……”

“真的，没有这么多钱。”莫蒙解释说。

“我才不信哩。你心疼钱，老头子，你一股劲儿地攒钱。攒钱干什么呢？”

“真的没有。我可以向长角鹿妈妈发誓！”

“好吧，那就买段绒布，做条新裤子吧。”

“要是有钱，我一定买，我向长角鹿妈妈发誓……”

“唉，真拿你没办法！”售货员甩了一下手，说，“白跑一趟了。奥罗兹库尔在哪里？”

“一大早就出去了，好像是到阿克塞去了。他找牧羊人有事。”

“就是说，是做客去了。”售货员会意，直截了当地说。

出现了很尴尬的冷场。

“你千万别见怪，好同志，”莫蒙又开口说，“到秋天，等我们卖掉土豆……”

“秋天还远着哩。”

"好吧，那就请你原谅了。要是肯赏光的话，就到我家里喝杯茶吧。"

"我可不是来喝茶的。"售货员谢绝了。

他正要关车门，却又一眼看到站在老汉旁边的孩子。孩子正抓着狗耳朵，准备继续跟着汽车跑。售货员说："那就买个书包也好。看样子，这孩子该上学了吧？几岁啦？"

莫蒙的脑子里马上出现一个念头：他是得向苦苦劝购的售货员多少买点儿东西，而且外孙也确实需要一个书包，今年秋天他是该上学了。

"噢，这话对。"莫蒙连忙掏钱，"我还没有想到哩。可不是，这孩子已经七周岁，虚岁有八岁了。来，过来。"他朝外孙喊。

老人家在几个口袋里翻了一阵子，掏出一张藏了许久的五卢布钞票。

看样子，这张票子他已经揣了很久，不仅皱成一团，还被压实了。

"拿去吧，大耳朵。"售货员一面眨着眼睛逗弄小男孩，一面将书包递给了他，"这就开始好好学习吧。学不好文化，就得一辈子跟外公待在山沟里。"

"学得好的。我家这孩子很伶俐。"莫蒙一面数着找回的零钱，一面回答说。然后他朝很不自然地拿着书包的外孙望了一眼，一把将他搂到怀里。"这可是一件宝贝，到秋天就可以去上学了。”他轻声说。

外公把他粗硬的大手温柔地盖在孩子的头上。孩子突然觉得，喉咙眼儿好像被什么东西堵住了。他深切地感受到外公的瘦弱，还闻到了外公衣服上那种熟悉的气味。那是一种干草的气味，还有干活的人的汗味。这个忠实、可靠、可亲的人，也许是世界上唯一心疼这孩子的人。他就是这样一个憨厚又有些古怪的老头子，那些精明人就是把他叫作“老好人莫蒙”，可那又有什么呢？不管他怎么样，自己有个外公总是好的。

这孩子自己都没有料到，他会高兴成那样。以前他想都没有想过要去上学。以前他只看到过上学的孩子们。那是在山后的伊塞克湖畔的一些村镇里看到的，那时他跟外公去参加德高望重的布古族老人的丧宴。从这一刻起，孩子就离不开书包了。他马上欢天喜地地跑去找护林所的所有居民，向他们夸耀一番。先给外婆看：“瞧，外公买的！”然后给别盖伊姨妈看。姨妈看到书包也十分高兴，而且还夸奖了他几句。

别盖伊姨妈难得有心情好的时候。她经常愁眉不展，心情烦躁，总是不理睬自己的外甥。她有她的不幸，顾不上他。外婆说过：她要是有孩子的话，那她会大不一样的。就连她的丈夫奥罗兹库尔也会大不一样。要是那样的话，外公也会大不一样，和现在不同。虽然他有两个女儿——大女儿就是别盖伊姨妈，小女儿就是这孩子的妈妈——可是，他照样不好过。没有孩子不好，要是孩子没有孩子，那就更糟。外婆是这样说的，但他真不懂……

他给别盖伊姨妈看过之后，又拿去给年轻媳妇古莉查玛和她幼小的女儿看。然后又跑往割草的地方去找谢大赫玛特。他又一次从赭色的石头“睡骆驼”旁边跑过，但还是没工夫拍拍它的驼峰。他再次路过“马鞍”“狼”和“坦克”这几块石头，随后就一直顺着岸边沙棘丛中的一条小道朝前跑，然后又沿着一条割净了草的长长空地，朝前方的草地跑去，终于跑到了谢大赫玛特跟前。

谢大赫玛特今天一个人在这里。外公早就割完了自己分到的一片草地，也顺手割完了奥罗兹库尔分到的一片。而且他们已经把割好的干草运回家了：外婆和别盖伊姨妈负责把干草拢堆，外公负责装车，他也帮外公将干草往大车跟前拖。他们在牛栏旁边堆了两个草垛。外公将垛顶封得十分严实，多大的雨也淋不进去。两个草垛光溜溜的，就像用梳子梳过似的。每年都是这样，奥罗兹库尔从来不割草，全推给人人干，就因为他好歹是个头儿。他常说：“只要我高兴，马上就能把你们辞掉。”他这是对外公和谢大赫玛特说的，而且是醉后说的。他是不可能辞掉外公的。辞掉外公，谁来干活呢？没有外公，那怎么行？森林里的活儿很多，特别是秋天，事情多得很。外公说：“森林不像羊群，森林是不会跑散的。但是，照管森林并不省事些。因为一旦起火或者山洪暴发，树不会自己跑开，不会挪地方，长在哪里，就毁在哪里。可是，一个管林子的人，就是要防止树木受损失。”至于谢大赫玛特，奥罗兹库尔是不会辞他的，因为他非常驯顺。他百事不问，从不顶嘴。不过，他虽然是个又驯顺又壮实的小伙子，却懒得要命，喜欢睡大觉，所以他才成了看林子的。外公说：“这样的壮小伙子，该到国营农场开汽车、驾拖拉机耕地才是。”可是谢大赫玛特连自己菜园里的土豆都懒得管，菜园里到处长满了叫滨藜的杂草。古莉查玛只好抱着孩子去侍弄菜园。

谢大赫玛特一直拖着不肯割草。前天外公骂了他：“去年冬天，我不是心疼你，我是心疼牲口才匀给你干草的。你要是今年还指望着我老头子的干草，就干脆直说，那我就来替你割。”这话管用了，谢大赫玛特今天一早就挥动了镰刀。

谢大赫玛特听到背后飞跑的脚步声，便转过身来，用衬衫袖子擦了擦脸。

“你干什么？有人找我，是不是？”

“不是的，我有一个书包了。瞧，外公买的，我要去上学了。”

“就为这个跑来的？”谢大赫玛特哈哈大笑起来，“你外公脑袋里有一条糊涂虫。”他举起一根手指在鬓角上转了两圈，“你也是个小迷糊！好吧，让我看看是个什么样的书包。”他拉了几下拉链，把书包翻看一遍，便轻蔑地笑着摇了摇头，把书包还给了孩子。“别忙，”他叫道，“你究竟上哪个学校？你的学校在哪里？”

“什么哪个学校？种畜场的学校呗。”

“就是说，要到杰列赛去上学？”谢大赫玛特吃惊地问，“到那里得翻一座山，少说有五千米。”

“外公说，他骑马接送我。”

“天天来回接送？老头子真是迷了心窍……他自己上学倒是正当年。他可以和你坐同桌，上完课一起回家！”谢大赫玛特笑得前仰后合。他想象着莫蒙外公和外孙同坐一桌的情景，觉得好笑极了。

孩子一声不吭，他窘住了。

“我这是说着玩儿的！”谢大赫玛特解释说。

谢大赫玛特轻轻地弹了一下孩子的鼻子，又把孩子头上那顶属于外公的制帽的帽檐拉到他的眼睛上。莫蒙一向不戴林业部门发的制式帽，他不好意思戴。（“我是什么官儿吗？除了我的吉尔吉斯毡帽，别的什么帽子我都不戴。”）莫蒙夏天戴的是旧式的毡帽——一顶用褪了色的黑缎子镶边的白色尖顶帽，这也是一种过了时的骑士帽。他冬天戴的是旧式的羊皮帽，林业工人的绿制帽他给外孙戴了。

谢大赫玛特听到新闻后竟是这种嘲笑的态度，这使孩子很不高兴。他皱着眉头将帽檐向上面推了推，当谢大赫玛特想再一次弹他的鼻子时，他将头一扭，凶巴巴道：“别碰我！”

“嘿，你火气还不小哩！”谢大赫玛特笑了笑，“你别不高兴。你的书包好极了！”又拍了拍他的肩膀，“现在你滚吧。

我还要割草呢……”

谢大赫玛特朝手心里吐了一口唾沫，提起镰刀又割了起来。

孩子朝家里跑去。他再次经过那条小道，再次路过那些石头。他暂时还是没工夫跟石头玩，毕竟书包可是一件了不起的宝贝。

孩子本就喜欢自言自语。不过，这一次他不是自己跟自己说话了，他对书包说起话来：“你别信他的话，我外公才不是那样的呢。外公不会偷懒耍滑，所以大家爱笑话他。就因为他完全不会偷懒耍滑。他会送咱们去上学的。你还不知道学校在哪里吧？不怎么远。我等会儿指给你看看。咱们到卡拉乌尔山上用望远镜就可以看到。我还要指给你看看我的白轮船。不过，咱们先得到棚子里去。我的望远镜就藏在那里。我本当要照看小牛的，可是我每次都会跑去看白轮船。咱们家的小牛已经很壮了——它要是想挣脱，你拉都拉不住——可它还老是恋着母牛吃奶呢。那头母牛就是它妈妈，妈妈是不心疼奶的。你懂吗？当妈妈的从来就没有什么舍不得给孩子的。古莉查玛就是这样说的，因为她有个女儿……一会儿就要挤牛奶了，咱们就赶小牛去吃草。它吃它的草，咱们就爬到卡拉乌尔山上去，到山上就可以看到白轮船了。我跟望远镜也常常这样说话。现在，我、你、望远镜，咱们三个在一块儿了……”

他就这样边说话边朝家里走着。他很喜欢跟书包讲话，打算继续讲下去。他想讲讲他自己，因为书包还不了解他呢。可是他的思绪被打乱了——旁边传来了马蹄声，有一个人骑着一匹灰马从树林里钻了出来。这是奥罗兹库尔，他也回家来了。他这匹个人专用、不许别人骑坐的灰马阿拉巴什鞍辔齐全，有勒胸皮带、铜马镫，还有叮当直响的银坠儿。

奥罗兹库尔的帽子歪戴在后脑勺上，那红红的、耷拉着短发的前额完全露了出来。他热得昏昏沉沉，在马上就睡了起来。他一副酒足饭饱的样子，那件仿效区首长服装式样的绒布制服褂（缝制得不怎么地道）从上到下完全敞开着，白衬衣从腰带底下挣了出来。他刚刚做客回来，马奶酒喝足了，肉也吃饱了。

附近一带的牧羊人和牧马人，总在夏季进山放牧时请奥罗兹库尔去吃酒。他和许多牧人是老相识，但他们请他吃酒是另有打算的。奥罗兹库尔是个用得着的人，特别是那些要盖房子的人需要他。有些人要盖房子，但是自己天天待在山里，扔不下牲畜，也脱不开身，到哪里去弄建筑材料呢？尤其是到哪里去弄木料呢？可是，只要能讨得奥罗兹库尔喜欢，好说，你就可以从保护林里挑几根上等原木弄走。要不然，你就得永远赶着牲畜在山里游荡，你的房子一辈子也盖不起来……

醉得浑身无力，但仍是一副了不起的样子的奥罗兹库尔骑着马过来了。他大模大样地用熟皮皮靴的尖儿踩住马镫，在马鞍上打着嗝儿。

当孩子摇着手里的书包，迎着他跑来的时候，他猛地一惊，差点儿从马上跌下来。

“奥罗兹库尔姨父，我有书包了！我要去上学了。你瞧我的书包！”

“哼，该死的！”奥罗兹库尔惊得勒住马，骂了一声。他用睡得红红的、肿胀的醉眼朝孩子望了望，“你干什么？从哪里来？”

“我要回家去。我有一个书包，我刚拿给谢大赫玛特看了。”孩子泄了气，小声说。

“好啦，玩去吧。”奥罗兹库尔嘟哝着说。说完，他又骑着马摇摇晃晃地往前走。

他哪里有闲心思去管这混蛋的书包？哪里有心思去理睬这个被父母遗弃的孩子、老婆的外甥？他自己就够倒霉的了。老天爷连一个亲儿子、一滴亲骨血都不肯给他，可是给起别人来却没完没了，大方得很……

奥罗兹库尔鼻子一酸，抽抽搭搭地哭了起来。他又难过又痛恨。难过的是这一辈子留不下后代，恨的是老婆不生孩子。是她，该死的婆娘，多少年了都怀不上孩子……

“我要好好收拾你！”奥罗兹库尔攥紧沉甸甸的拳头，在心里狠狠地说。他低声抽搭着，尽量不哭出声来。他自己知道，他一回到家就要揍她。奥罗兹库尔每次喝了酒都是这样的。这个牛一样的汉子一难过起来，一恨起来，就要疯狂地发作。

孩子顺着小路跟在后面走着。他觉得奇怪：前面的奥罗兹库尔怎么忽然不见了？原来奥罗兹库尔拐到了河边，下了马，扔下缰绳，径直穿过高高的草丛朝水边走去。他用两只手捂着脸，缩着头，摇摇晃晃、踉踉跄跄地走着。到了水边，他蹲了下来，一捧一捧地掬起河里的水往自己脸上浇。

“看样子，他是热得头痛了。”孩子看到奥罗兹库尔用水浇自己的脸，便这样想。他不知道奥罗兹库尔刚才哭过，而且差点儿要失声痛哭。他哭，是因为跑来迎接他的不是他的儿子；他哭，还是因为他缺少一种要紧的东西。不然的话，他至少会对这个摇着书包跑来的孩子说几句有人情味的话。

第二章　白轮船

在卡拉乌尔山的顶上可以眺望四面八方的景物。孩子趴在地上，调节着望远镜的焦距。这是一架远程的军用望远镜，是外公因为多年护林有功得到的奖品。老头子不喜欢摆弄望远镜，他说："我的眼睛不比望远镜差。"可是外孙却爱上了这玩意儿。

他这一次上山，带了望远镜，还带了书包。

刚开始，出现在圆孔里的景物跳动着，十分模糊，接着一下子就清楚起来，稳住不动了。这比什么都有趣。孩子屏住呼吸，生怕碰动对好的焦距。然后他又将视线转向另一点，于是一切又模糊起来。他又转动起目镜。

在这里，什么都能看得到。能看得见那些最高最高的、顶端差点儿就挨着天的雪山。它们在所有的山峦后面，俯瞰着所有的山峦和整个的大地。在那些比雪山稍低些的山上，森林密布：下层是密密的阔叶林，上层是黑魆魆的松林。还能看到昆盖伊山向阳的一面。除了野草，昆盖伊山的山坡上什么都不长。湖所在的方向还有一些更小的山，但那些简直就是光秃秃的石头坡。这些石头坡脚下就是川地，川地与湖相接。还是这个方向，有田野、果园、村落……田野上的庄稼已经绿里透黄，收割期渐近了。一辆辆小小的汽车像小老鼠一样，在路上跑着，后面拖着长长的灰尾巴。在大地最遥远的一隅，在视线尽头处，在一片弯弯的沙滩之后，便是湛蓝湛蓝的湖水。那就是伊塞克湖，那里水天相连。

再远望，就什么也望不到了。湖面上无风无浪，波光粼粼，无限寥廓，隐隐能看到拍岸的波浪溅起白色的水花。

孩子朝这一方向望了很久。“白轮船还没有来呢，”他对书包说，“那就再来看看咱们的学校好啦。”

从这里望去，山后的那片谷地尽收眼底。在望远镜里甚至可以清晰看见，有一位老奶奶正坐在房前窗下，手里织着毛线。

杰列赛谷地没有树林，只是有些地方还有一棵两棵躲过了砍伐的老松树。以前这里是一片森林，如今是一排排盖了石棉瓦的牲口棚，还有一大堆一大堆的饲草和黑乎乎的牲口粪。这里为奶牛场培育良种幼畜。就在离牲口棚不远的地方，有一条短短的小街，那就是养畜人居住的村子。村子从一处缓坡上延伸下来，尽头处有一座不像是民居的小房子。那是一所四年制学校。高年级的孩子们都到国营农场上寄宿学校去了，在这所学校学习的全是小家伙。

这孩子过去喉咙疼的时候，外公带他到那个村子找过医生。这会儿他用望远镜全神贯注地望着那所小小的学校——他望着那褐色的瓦屋顶，望着那孤零零的歪斜的烟囱，望着用胶合板做的木牌上手写的“小学”这个词儿。他不识字，但他猜得出上面就是这样写的。用望远镜什么都能看得见，连最小的、小得不可思议的东西都能看得清。石灰墙上刻画的字迹、窗玻璃上修补过的裂缝、露台上凹凸不平的木板，全都历历在目。他想象着，他就要带书包到那里去，就要踏进现在正挂着一把大锁的那个门了。门里面又是什么呢？

看过了学校，孩子又将望远镜对准湖面。但湖面上还是老样子，白轮船还没有出现。孩子转过身，背对着湖坐了下来，将望远镜扔在一旁，朝山下望去。就在山脚下的一处长条形谷地里，一条汹涌奔腾的河泛着银光，从一片一片石滩中间穿过。河的一边有一条路，这条路跟河一起蜿蜒前进，又跟河一起消失在转弯处。河对岸则是悬崖和森林。圣塔什森林就从这里开始，向山上爬去，一直钻到皑皑的白雪底下。爬得最高的是松树——到处都生长着松树，在连绵不断的山脊上，在冰雪的怀抱里，在岩石丛中。一丛一丛的，像黑黑的毛刷。

孩子望着护林所的房子、草棚和牲口棚，觉得好笑极了。从山上看去，这些房舍显得又小又不结实。在护林所过去一点儿的河边上，便是他十分熟悉的石头们。那些石头——“睡骆驼”“狼”“马鞍”“坦克”——都是他在这卡拉乌尔山上用望远镜发现的，随即给它们取了名字。孩子顽皮一笑，站起来朝护林所的院子扔了一块石头——石头自然是落在了山上。孩子在原地坐了下来，又用望远镜观察起护林所。他先是将望远镜掉转过来，透过大镜片看小镜片——房舍跑得老远老远的，变成了小小的玩具盒子。巨石也变成了小石子。外公在浅水处修的水池更是好笑——水浅得只能没过麻雀的爪子。孩子扑哧一笑，搔了搔头，赶紧掉转望远镜，调好了焦距。他那些被放大了许多倍的心爱的石头，好像抵到了镜头上。“睡骆驼”“狼”“马鞍”“坦克”的样子都很动人。它们遍身都是纹和棱，两侧都有斑斑点点的铁锈色苔藓。最重要的是，它们都很像他所想象的东西。“嘿，你这只‘狼’好神气！这‘坦克’真够威风……”

越过几块大石头，水浅处便是外公修的水池了。河边这块地方，用望远镜能看得很清楚。河水在这里打了个弯儿，从急流处拐到宽阔的沙滩上，重又翻着腾腾的细浪，拐向汹涌的急流。浅滩上的水只齐膝深，但是水流很急，可以毫不费力地把他这样大的孩子冲到河中心去。为了不叫流水冲走，孩子总是抓住河边矮小的柳木丛（柳木丛就长在河边，有些枝条在地面上，有些枝条在水里摇曳着），再到水里去扑腾。这算什么游泳？！就像一匹马被拴住了，而且还会有许多不开心的事，还要挨骂呢！外婆就因此责备外公：“他要是被冲到河里去，就算他自作自受好啦，我才不管呢。爹娘都不要他了，我犯不着来心疼他。别的事够我操心的了，我可没有工夫管他。”

老头子能对她说什么呢？老婆子似乎讲得有道理。但是，也怪不得孩子：河就在跟前，差不多就在家门口嘛。不管老婆子怎样吓唬，孩子还是照样往水里钻。于是莫蒙就下定决心，要在浅水滩上用石头垒一个水池，让孩子在里面游水，免得出事儿。

为了选不叫流水冲跑的大石头，莫蒙老汉翻弄了多少石头啊！他将选好的大石头抱到肚子上，一块一块地搬过去，然后站在水里，一块挨一块地垒起来——要垒得使河水能从石头缝里畅快地流进来，又能畅快地流出去。这个可笑又干瘪的小老头，只有几根稀稀拉拉的小胡子，穿着湿漉漉地贴在身上的裤子，整天整天地垒这个水池。到了晚上，他累得就像瘫了一样，不住地咳嗽，连腰都直不起来。这下子外婆又发火了："小的是傻瓜，但他只是个小孩子；老的也是傻瓜，又怎么说呢？你拼命瞎折腾什么？给他吃，给他喝，不就够了吗？还要宠他，由着他胡闹。哼，这样下去，不会有好结果的！"

不管怎么说，浅水滩上的水池修得真不错。现在这孩子游泳不用提心吊胆了。抓住柳条，溜下岸去，就可以朝前游了。而且他一定是睁着眼睛游。鱼是睁着眼睛在水里游的，所以他也要睁着眼睛游。他有这样一个奇怪的幻想：想变成鱼，想游得远远的。

这会儿，孩子用望远镜望着水池，想象着他怎样甩掉褂子和裤子，光着身子，打着哆嗦钻进水里。山里的河水总是凉

的，刚进水都冷得喘不过气来，但是过一阵子就习惯了。他想象着，他怎样抓住柳条，脸朝下跳进流水里。头上的水啪的一声合拢，河水在肚子底下、背上、腿上唰唰地直窜。在水底下就听不见外面的声音了，但耳朵里面还是一股劲儿地哗哗响。他睁着眼睛，拼命去看水下一切能看得到的东西。他拼命将眼睛睁大，都睁疼了，但他仍然得意地笑了，还在水里伸舌

头。他这是做给外婆看的，要她知道，他才不会淹死呢，他一点儿也不害怕。然后他放开手里的柳条，让河水冲着他连翻带滚地朝前去，直到他的两只脚抵在水池的石头上。这时才快活疯了哩！他一下子从水里跳起来，爬上岸，重新又朝柳木丛跑去——就这样重复许多次。在外公修的水池里，哪怕一天游一百次，他也愿意。不变成鱼，决不罢休。无论如何，他一定要变成鱼……

孩子朝河边看着看着，又把镜头转向自家的院子。母鸡、带着小火鸡的老火鸡、靠在木头堆上的斧头、冒着烟的茶炊……院里各种各样的东西都显得非常大，距离好像也非常近，仿佛就在跟前，他不由得伸出手去摸。这时，他看到变得跟大象一样大的褐色小牛正心安理得地嚼着挂在绳子上的衣服，不禁吓了一跳。那小牛快活得眼睛眯成一条缝儿，嘴边流着口水——它觉得大口大口地嚼着外婆的连衫裙太有味道了。“啊，你这讨厌的家伙！”孩子拿着望远镜欠起身来，直挥手，“快滚开！听见吗，给我滚远些！巴尔捷克！巴尔捷克！（孩子在望远镜里看到，狗正悠闲自在地躺在墙脚下）去咬它，快去咬它！”他在绝望中对狗下起了命令。

可是狗连耳朵也不肯动一下。它只顾躺着，好像什么事也没有。

就在这时，外婆从房里出来了。一看到眼前的事，她惊得将两手扬得高高地一拍，抓起一把扫帚就朝小牛奔去。小牛跑了，外婆跟在后面撵。孩子一面将镜头对着她，一面蹲了下来，免得让她看到他在山上。外婆撵跑了小牛，便一面骂着，一面朝家里走。因为生气，又因为跑了一阵子，她不住地喘着粗气。孩子看她看得十分真切，就像跟她在一起似的，甚至看得比在一起时还要真切。他对她使用了特写镜头，就像电影里局部表现一个人的脸时那样。他看到她那气得眯起来的黄眼睛，看到她那皱皱巴巴的脸变得通红通红的。就像电影里声音突然不响了一样，外婆的嘴巴在望远镜里急促而无声地颤动着，露出她那带豁子的几颗残牙。她在叫些什么，远处的人是听不到的，但是，这孩子却觉得她的话十分清楚、十分真切，就像是对着他的耳朵讲的一样。嘿，她骂起他来才凶哩！他都能背得出来："哼，等着瞧吧……你总要回来的。看我收拾你！我可不像你外公。我说过多少次，要把这个讨厌的望远镜扔掉。你又跑到山上去了？快叫那条鬼轮船翻掉吧！快叫火烧掉，快沉掉吧！"

孩子在山上沉重地叹了一口气。在这样好的日子里，在外公给他买了书包、他已经想着要去上学的时候，还要他去看小牛……

望远镜里的外婆还不肯罢休。她还在一面骂着，一面翻来覆去地看她那件被嚼烂了的连衫裙。古莉查玛抱着女儿走到她跟前。外婆将事情说给她听，越说越冒火，朝山上直挥拳头。她那干瘦的黑乎乎的拳头气势汹汹地在镜头前面晃动着，仿佛在说："你倒玩得快活！快叫那条鬼轮船翻掉吧！快叫火烧掉，快沉掉！"

院子里的茶炊已经烧开了。在望远镜里可以看到，一股股的水汽从盖子底下直往外冒。别盖伊姨妈只是出来拿茶炊，又惹得外婆怒火爆发。外婆差点儿把她那件被嚼烂的连衫裙捅到别盖伊姨妈的鼻子上，那意思是："喂，瞧瞧你外甥做的好事！"

别盖伊姨妈连忙安慰她，劝解她。孩子在猜她会说些什么。大概还是过去说的那些话："妈妈，别生气。他还小嘛，不懂事啊，能要他怎样呢？他一个人在这里，连个伴儿也没有。干吗要吼他，干吗要吓唬一个小孩子呢？"

毫无疑问，外婆会这样回答她的话："你别来教训我。你自己生一个试试看，到时候你就知道该要孩子怎样了。他整天待在山上干什么？连看小牛的时间都没有啦？在山上张望什么？张望他那不正经的爹娘？张望那两个生了他就各奔东西的混账家伙？你倒是好，干脆一个也不生……"

在这样远的距离，孩子透过望远镜都能看到别盖伊姨妈那凹下去的两颊气得煞白，浑身都在哆嗦。他知道姨妈会怎样回敬她。果然，她冲着继母的脸嚷了起来："你自己又怎样，老妖婆？你生了几个儿子，几个女儿？你算什么东西？"

这一下就不得了啦！外婆气得直咆哮。古莉查玛过来拉架、劝解，抱住外婆，想把她拉回家去，可是她更来劲儿了，像个疯子一样地满院子乱蹦乱窜。别盖伊姨妈抓起热气腾腾的茶炊，几乎是跑着朝房里走去，一路摇晃的茶炊直往外泼开水。外婆有气无力地坐到一根木头上，放声大哭，怨自己命苦。这会儿她已经把孩子给忘了，连老天爷和整个人世间都骂上了。

“我呀！你问我算什么？”外婆冲着姨妈的背后吼道，“要不是老天爷害我，要不是老天爷收走了我五个娃子的命，要不是我那独独活下来的儿子在十八岁的时候上战场死了，要不是我那再好不过的老头子泰加拉跟着羊群在大风雪里冻死了，我会来到这里，跟你们这些看林子的过起来？难道我像你那样不会生孩子吗？要不是我命苦，老来会跟着你爹，跟着那傻头傻脑的莫蒙过日子？该死的老天爷，我犯了什么罪，你这样惩治我啊？”

孩子拿开望远镜，伤心地垂下了头。

“现在咱们怎样回家去呢？”他小声对书包说，“这都怪我，怪可恶的小牛。还要怪你，望远镜。你总是引着我来看白轮船。你也有错儿。”

孩子朝四周望了望。四面都是山，到处是悬崖峭壁、乱石、森林。一道道闪闪发光的小溪，从高处的冰川上无声地落下，仿佛只有来到这下面，流水才终于学会了说话，为的是汇聚到河里的时候永远吵个不停歇。群山啊，是那样雄伟，那样巍峨。孩子此时此刻感到自己太小、太孤单，感到无依无靠。这里只有他和山。山，山，山，到处是高山。

太阳已经西斜，渐渐朝湖的方向落去。天已经不怎么热了，向东的山坡上出现了短短的阴影。这会儿太阳就要越落越低，阴影也要朝下走，朝山脚爬去了。每天这个时候，伊塞克湖上都会出现一艘白轮船。

孩子用望远镜尽量朝最远处望去。他屏住了气：是它！他顿时什么都忘了。前方，在伊塞克湖湛蓝湛蓝的边缘上，出现了白轮船。来了！就是它！白轮船上有成排的烟囱，船身又长又漂亮又威武。它行驶起来，就像在琴弦上滑行似的，又直又平稳。孩子赶紧用衣襟擦净了望远镜的玻璃镜片，又一次调好了焦距。轮船的轮廓变得更清楚了。现在可以看清，轮船在波浪中微微颠簸着，船尾后面拖着一条明晃晃的、泡沫翻滚的长带。孩子目不转睛地欣赏着白轮船。要是能依他的心愿，他

一定央求白轮船开近些，让他看得着船上的人。可是白轮船不知道这一点。白轮船开得十分气派，只管慢慢地走自己的路，不知自何处来，不知向何处去。

白轮船在湖上行驶，很长时间内都能看得到；孩子也要想很长时间，他想的是他怎样变成鱼，顺着河，游去找白轮船……

有一次——那也是他第一次在卡拉乌尔山上看到蓝色伊塞克湖上的白轮船，看到如此美丽的景象，他的心扑通扑通地跳起来。他一下子就断定，他的爸爸（他的爸爸是伊塞克湖上的水手）就在这条白轮船上。他相信这一点，因为他非常希望是这样的。

他既不记得爸爸，也不记得妈妈。他一次都没有见过他们，他们也都没来看过他。但是孩子知道：他的爸爸在伊塞克湖上当水手，他的妈妈同爸爸离婚以后，将他留给外公，自己到城里去了。一去就再也没有回来。她去的那个城市很远，要过许多山——翻过山之后是湖，走过湖之后还要翻过许多山。外公有一次到那个城市去卖土豆，去了整整有一个星期。回来后，他在吃茶的时候对别盖伊姨妈和外婆说，他看到了女儿，也就是这孩子的妈妈。她在一个大工厂里做织布工。她有了新家庭，还有了两个女儿。她将她们送进了幼儿园，一星期只能见一次面。她住在一座大楼里，但是只住了其中很小的一间房，小得没有地方转身。住在大楼里的人谁也不认识谁，就像在市场上一样。每天她回到自己的房间里，就马上将门一关——大家都是这样过日子，天天关起门来坐着，像坐牢一样。她的丈夫好像是个司机，在大街上开公共汽车接送乘客。这活儿也不轻，早上四点钟就要出去，很晚才回家。老人家说，女儿老是哭，求他多多担待。他们在等待分配新房子，但什么时候能分到，还不知道。一旦分到了，要是丈夫答应的话，她就把儿子接去。她请他老人家暂时再等一等。外公劝她不要难过，眼下最要紧的是跟丈夫过得和睦，别的事情都好说。至于儿子，更不用挂心。“只要我活着，这孩子我谁也不给。等我死了，自有苍天指引他，一个活人总会找到路走的……”别盖伊姨妈和外婆一面听外公讲，一面不住地叹气，甚至还一起哭过一阵子。

也就是在那一次喝茶的时候，他们谈到了他的爸爸。外公听人家说，他从前的女婿，也就是这孩子的爸爸，好像还是在一条轮船上当水手，好像也有了新家庭，有了孩子，不知是两个，还是三个。他们家就住在码头旁边。他好像已经戒酒了。他的新妻子每次都带着孩子到码头上迎接他。“这么说，”孩子想，“他们接的就是他的这艘白轮船了……”

轮船前进着，渐渐远去。它那长长的白色身躯在蓝色的湖面上悠悠地行进着，烟囱里吐着青烟，并不知道有个孩子变成了孩儿鱼正朝它游去。

他希望这样来变鱼：身上几乎都是鱼的样子——鱼身子、

鱼尾巴、鱼鳍、鱼鳞，只有头还是自己的。又大又圆的头长在细细的脖子上，头上还长着两只招风耳和一个有抓痕的鼻子。眼睛也要像他原来的样子。但像归像，却不能跟现在完全一样，要像鱼眼睛一样能在水下看东西。这孩子的睫毛就像小牛的睫毛那样长，长长的睫毛不知为什么总是忽闪忽闪的。古莉查玛说，要是她的女儿也有这样的睫毛，长大了会是一个多么漂亮的姑娘啊！为什么一定要成为漂亮姑娘或者漂亮小伙子呢？他才不稀罕呢！他觉得漂亮的眼睛毫无用处，他要的是能够在水下看东西的眼睛。

应当要在外公修的水池里变鱼。摇身一变，他就是鱼了。然后他一下子从水池里蹦到河里，钻进汹涌的激流，顺流而下。然后就一面游，一面不时地蹦到水面上向两边看看，毕竟老在水底下游也没有意思。他顺着湍急的河水往下去，擦过高高的红黏土陡岸，随着激浪越过石滩，经过山边和林边。

他跟自己的石头伙伴告别："再见了，'睡骆驼'；再见，'狼'；再见，'马鞍'；再见，'坦克'。"等他游到护林所旁边，他要跳出水面，向外公摆摆鱼鳍打个招呼："再见，外公，我很快就会回来的。"外公看到这样的稀奇事儿简直惊呆了，不知道怎么办才好。还有外婆，还有别盖伊姨妈，还有古莉查玛和她幼小的女儿，一齐张大了嘴巴站着。他们哪里见过这样的怪事：头是人头，身子却是鱼身！他也朝她们摆摆鱼鳍："再见了，我要去伊塞克湖，到白轮船上找我那当水手的爸爸去。”巴尔捷克大概会顺着河岸跑的。狗也从来没见过这种事情。狗要是胆敢跑到水里来跟他，他就喊：“不行，巴尔捷克，不行！你会淹死的！”然后他继续往前游。他从吊桥的铁索下钻过，又擦过岸边矮小的柳木丛，然后就顺着水声隆隆的峡谷一路向下，一直进入伊塞克湖。

伊塞克湖像大海一样辽阔。他在伊塞克湖的波浪里游着，过了一浪又是一浪，过了一浪又是一浪，终于来到白轮船跟前。“你好，白轮船，我来了！”他对白轮船说，“天天拿望远镜看你的就是我。”船上的人都感到十分吃惊，一齐跑上来看这件稀奇事儿。这时他对当水手的爸爸说：“爸爸，你好，我是你儿子。我是来找你的。”“你哪里是我儿子？你一半是人，一半是鱼！”“你快把我拉上船，我就变成人形了。”“妙极了！好吧，咱们就来试试看。”

爸爸撒下渔网，从水里将他捞上去，放到甲板上。他一下子就恢复了人形。然后……然后……

然后白轮船继续往前开。他就把自己知道的一切，把自己的全部生活都讲给爸爸听。讲讲他那里的山，讲讲那些石头，讲讲那条河和山林，讲讲外公修的水池，他就是在那里学游泳的，学着像鱼一样睁着眼睛游……

当然，他要对爸爸讲讲他在莫蒙外公家过得怎样。要爸爸别因为人家喊他“老好人莫蒙”就觉得他太软弱。这样的外公到哪里都找不到，这可是最好的外公。他不会偷懒耍滑，就

因为这样，大家都取笑他。奥罗兹库尔姨父还常常骂他老人家，有时还当着很多人的面骂外公。外公不但不还嘴，还全然不放在心上，甚至还替他干森林里的活儿，干家里的活儿。还不光是干活儿呢！每次奥罗兹库尔姨父喝得醉醺醺地骑着马回来，外公不但不当面朝他狠狠地吐几口唾沫，反而跑上去迎他，扶他下马，又将他扶进屋里，让他躺到床上，再给他盖上皮袄，生怕他着凉，生怕他头疼；然后去解下马鞍，将马刷一刷，喂一喂。外公这样待他，是因为别盖伊姨妈不会生孩子。为什么要这样呢，爸爸？想生就生，不想生就拉倒，这样不是更好吗？

奥罗兹库尔姨父打别盖伊姨妈的时候，外公才可怜呢。他比自己挨打都难受。别盖伊姨妈一喊叫，外公的心就像被刀戳一样。可是，他又能怎样呢？他想跑去帮女儿说话，外婆却不叫他去。她说："别多管闲事，由他们自己去。干你老头子什么事？又不是你的老婆。你就好好待着吧。""她是我的女儿呀！"外婆就说："如果不是门挨门地住在一起，而是离得很远，那你又要怎么办？每次打架，你都骑着马跑去劝架吗？要是那样，谁还敢要你女儿做老婆？"

我说的外婆，可不是原来的那个外婆。爸爸，你大概不认识她。这是另外一个外婆。我还很小的时候，亲外婆就死了，后来这个外婆就来了。我们这里的天气总是叫人摸不透，一会儿晴，一会儿阴，一会儿又是雨又是冰雹。这个外婆也是这样的，叫人摸不透。有时很和气，有时很凶，一点儿不像个外婆。她一发起脾气来，简直要吃人。这时，我和外公就不吭声。她说，不管怎样给外人吃，给外人喝，都别想得到任何好处。爸爸，我可不能算外人。我是一直跟外公在一起的。她才是外人呢。她是后来才到我们家来的，她倒喊起我外人了。

冬天，我们那里的积雪很深，能没到我的脖子。外面的雪堆得才高哩！如果想到森林里去，只能骑大灰马阿拉巴什去，它能用胸膛推开积雪。我们那里的风也很厉害，能叫你站都站不稳。当湖上起浪的时候，当你坐的轮船东倒西歪的时候，不用问就知道是我们圣塔什的风到湖上发威来了。外公说，很久很久以前，敌人的军队前来侵夺这块土地时，我们圣塔什河谷就刮起了大风，刮得敌人坐不住马鞍。但就算他们下了马也没办法步行前进，风沙把他们打得满脸是血。他们转过身去避风，而风就从背后驱赶他们，不叫他们立定脚跟，把他们一个不留地从伊塞克湖边赶走了。这风就是这样厉害，而我们就住在这样的风里！这风就是从我们那里刮起的。整个冬天，河那边的森林叫风吹得咔咔嚓嚓、呼呼啦啦地响，甚至还发出呜呜的吼叫，真叫人害怕。

到冬天，能在森林里做的事情就不怎么多了。我们那里到了冬天简直像没有人一样，不像夏天放牧的人来时那样热闹。一到夏天，我就盼着那些放牧的人带着羊群和马群到大草甸子上过夜。虽然他们天一亮就要进山去，但跟他们待一会儿还是很有意思的。他们的孩子和妇女都是坐卡车来的。他们还用卡车运来帐篷和各种各样的东西。等他们稍微安顿下来，我就和外公去看他们，跟所有的人握手问好。我也会跟他们握手。外公说，年纪小的人要先向人伸手。要是不伸手，那就是不尊重人。外公还说，每七个人当中，就可能有一个人是先知。先知就是非常善良、非常聪明的人。谁跟他握过手，谁就会一辈子有福气。于是我就问："要是这样的话，那这个先知为什么不说他是先知，让我们大家都去跟他握手呢？"外公笑了，他说："问题就在于，先知不知道自己是先知，先知也是普通人。只有强盗才知道自己是强盗。"这话我不完全懂，但我总是向人家问好，虽然我常常觉得有点儿不好意思。

我跟外公到草甸子上去时，从不觉得拘束。

"欢迎你们到祖先夏牧的地方来放牧！牲口和人都平安吗？孩子们都平安吗？"这是外公的问候语，而我只是和大家握握手。大家都认识外公，外公也认识大家。外公很高兴，说的话也很多。他向外来的人问长问短，也跟他们讲我们这里的事。我跟孩子们在一起时，就不知道该说什么好。但是，过一会儿我们就会玩捉迷藏和打仗游戏。我们玩得很起劲儿，简直不想分开。要是永远是夏天，要是能天天跟孩子们一块儿在草甸子上玩，那该有多好啊！

我们在一起玩的时候，篝火一直是燃着的。爸爸，你是不是以为，点了篝火，草甸子上就完全亮了？才不是呢！只有篝火旁边是亮的，在一圈亮光以外的地方会变得更黑。我们玩打仗游戏时，就在这片黑地里躲藏、进攻，就跟电影里一样。如果你是指挥员，大家就都听你的。当指挥员一定很有意思……

过一会儿，月亮从山上升起。在月光下玩打仗游戏会更有意思，可是外公要带我回家了。一路上，我们走过草甸子，穿过灌木丛。一群群羊静静地躺着，一匹匹马在旁边吃草。我们走着走着，听到有人在唱歌。那可能是一个年轻的牧人，也可能是个年老的牧人。外公让我停下脚步，说："听听吧，这样的歌是不容易听到的。"我们就站在路边听。外公连声说好，随着歌声不住地点头。

外公说，古时候有一个可汗捉住了另一个可汗。这个可汗对被捉的那个可汗说："要么你就活着给我当奴隶；要么我来满足你最迫切的一桩心愿，然后把你杀死。"那个可汗想了想，回答说："我不愿活着当奴隶。你还是杀死我吧。但是，在杀我之前，到我的家乡随便叫一个牧人过来。""你叫一个牧人来干什么？""我想在临死前，听听他唱歌。"外公说，有些人为了听一支家乡的歌，命都可以不要。这究竟是一些什么样的人啊？能见到他们就好了。他们大概住在大城市里吧？

"真好听啊！"外公小声说，"天哪，过去的歌真好啊……"

不知为什么，我心疼起外公来，心疼得要哭出来。我真的很爱他……

清晨，草甸子上一个人也没有。牧人把羊和马赶远了，赶到山里去了，他们要到山里去过一个夏天。不久，又有另外一些放牧的人从其他农场过来了。要是白天经过这里，他们不会停留；要是晚上到了这儿，他们就会在草甸子上过夜。而我就和外公去向他们问好。外公很喜欢向人家问好，我也学会了。也许，有那么一天，我会在草甸子上跟真正的先知握到手……

冬天，奥罗兹库尔姨父和别盖伊姨妈常到城里去找医生。听人说，医生很有本事，给药吃，就能生孩子。但外婆总是说，最好到圣地去。圣地在山外一处什么地方，那地方的田野上是长棉花的。就是说，那应该是块平坦的地方，平坦得似乎不应该有山，可是那里就有一座圣山——苏来曼山。如果在山脚下杀一头黑羊来祭真主，进山时一步一鞠躬，边走边祷告，诚心诚意哀求真主，真主就会大发慈悲，给一个小孩。别盖伊姨妈很想到苏来曼山去。可是奥罗兹库尔姨父不大愿意去。太远了。他说："要花很多钱。到那里去，要坐飞机翻过很多山。去坐飞机之前，还有很多路要走，也要花钱……"

他们到城里去的时候，我们护林所就更冷清了，只剩下我们和我们的邻居：谢大赫玛特叔叔、他的老婆古莉查玛和他们幼小的女儿。就我们这几个人。

晚上，活儿干完后，外公就给我讲故事。我知道，这时候外面是漆黑漆黑、冰冷冰冷的夜。风刮得很凶，连最大的山在这样的夜里也变得胆小起来，挤成一堆，拼命朝我们的房子、朝窗户里的灯光靠。这叫我又害怕又高兴。我要是一个巨人，我一定要穿上巨人的皮袄，走到房子外面，大声对山说：“山，胆子别那样小！有我在这里。就让风大，就让天黑，就让雪猛，我一点儿都不怕，你们也不要怕。快站回原位，别挤成一堆。”然后我就踩着雪，蹚过河，到森林里去。就算是森林里的树，到了夜晚也会感到很害怕。树很孤独，没有人跟它们说话。冬天的树光秃秃的，就算冻得瑟瑟发抖也没地方可躲藏。我要到森林里去，拍拍每一棵树的树干，叫树别这样害怕。也许，那些到春天不发绿的树就是被吓死了的。我们很快就会砍掉这种枯树当柴烧。

外公给我讲故事的时候，我就想着这一切。他往往要讲很长时间。外公有各种各样的故事，其中有一个故事特别好笑，说的是一个叫奇巴拉克的小孩。小孩只有小指头大，贪嘴的狼将他吞到肚子里，然后狼就倒了霉。噢，最先把他吞到肚子里的是骆驼。

奇巴拉克在一片树叶底下睡觉，骆驼在旁边转悠，嘴一张，就把他和树叶一起吃到肚里了——所以人们常说“骆驼从不知道自己吃的是什么”。奇巴拉克开始大喊，拼命呼救。老人们为了救出奇巴拉克，只好杀掉了骆驼。

狼的故事就更精彩了。愚蠢的狼也把奇巴拉克吞到肚里了，它后来哭都来不及。

有一天，狼碰到奇巴拉克，说："什么小虫儿，在这里碍手碍脚的？我一下子就把你吃掉。"奇巴拉克说："狼，你别碰我，要不然我会叫你变成狗。""哈哈哈，"狼大笑道，"哪里见过狼变狗的？你还犟嘴，我吃了你。"说完，它就把奇巴拉克一口吞下。吞下后，狼就忘记了他。但是从这一天起，狼就抓不到猎物了。只要狼一开始偷偷摸摸地靠近羊群，奇巴拉克就在它肚子里喊："喂，放羊的，别睡啦！我大灰狼来偷羊了！"狼不知道怎么办，就咬自己的腰，在地上打滚儿。

可是奇巴拉克还是不肯放过它，继续喊："放羊的，到这里来，快来打我，狠狠地打！"放羊的人拿着木棒赶来了，狼只好落荒而逃。追狼的放羊人觉得这事儿真稀奇：这大灰狼疯啦？明明在拼命逃跑，却又喊"快来追我"。大灰狼撒开腿拼命跑，这才甩掉了放羊的人。跑是跑掉了，可是它的日子还是不好过。不管它到哪里，奇巴拉克都不放过它。到处有人撵它，到处有人笑它。狼饿瘦了，瘦得皮包骨头。它的牙齿抖得咯咯响，嗷嗷直叫："我受的是什么罪呀？为什么我要自找倒霉呀？我真是老糊涂了呀，昏了头呀！"奇巴拉克故意逗它说："到塔什玛特家里去吧，他家的羊才肥哩！""到巴伊玛特家里去吧，他家的狗是聋的。""到艾尔玛特家里去吧，他们家放羊的全都睡啦。"可是狼在原地一动不动，呜呜地哭了起来："我哪里也不去了，还是随便到哪家当一条狗吧……"

爸爸，这个故事很好笑，是吗？外公还有一些别的故事，有叫人听了发愁的，有叫人听了害怕的，有叫人听了伤心的。而我最喜欢的是长角鹿妈妈的故事。

外公说，住在伊塞克湖边的人都应该知道这个故事。不知道，就是罪过。爸爸，你大概也知道这个故事吧？外公说，这故事里说到的事，全是真的，都是从前发生过的事。外公说，我们都是长角鹿妈妈的孩子。我是，你是，大家都是……

我们就是这样过冬天的。冬天很长很长。要是没有外公讲的故事，冬天是很乏味的。

一到春天，我们这里就变好了。等天气完全暖和起来，放牧的人又要进山来了。到那时候，我们山里就不冷清了。不过，在河那边，在离我们远些的地方，依旧一个人都没有。那边只有森林和森林中的动物。我们住在护林所，就是为了不让人随便进森林，不让任何人动一根树枝。我们这里也来过有学问的人，是两个穿长裤的女人、一个小老头儿，还有一个年轻小伙子——那个小伙子是跟着他们学习的。他们待了整整一个月，在这里搜集野草、树叶和小枝儿。他们说，像我们圣塔什山林这样的森林，在地球上已经很少了，也可以说几乎没有了。所以，我们应当爱护森林里的每一棵树。

我觉得，外公心疼这里的每一棵树。他很不喜欢奥罗兹库尔姨父拿松木送人……

第三章　奥罗兹库尔打了别盖伊姨妈

白轮船渐渐远了。望远镜已经看不清轮船的烟囱了，轮船很快也要看不见了。现在，孩子该给随爸爸轮船航行的故事想个结尾了。一切都想得很好，就是结尾老是想不出来。他可以毫不费劲地想象出他怎样变成鱼，怎样顺着河向湖里游去，怎样遇到白轮船，怎样同爸爸见面，也能想象出他要对爸爸讲的一切。但再往下，故事就难想了。因为，再往下，就要看到岸了。轮船会缓缓靠近码头。水手们准备登岸，他们就要各自回家。爸爸也要回家。他的妻子和两个孩子会在码头上等他。这可怎么办呢？跟爸爸走吗？爸爸肯带着他吗？要是带着他，爸爸的妻子就要问："这是哪一个？从哪里来的？他来干什么？"不行，还是不能跟爸爸走……

白轮船越开越远，渐渐变成一个模糊的小白点儿。太阳眼看着就要落到水面上。在望远镜里，紫红色的湖面正闪着耀眼的光芒。

轮船开走了，不见了。白轮船的故事到此结束。该回家了。

孩子抓起地上的书包，将望远镜夹在腋下，像小蛇一样蹿下山坡。离家越近，孩子就越感到慌张。小牛嚼烂了衣服，外婆是要找他算账的，一顿打骂是逃不掉的。为了给自己打气，他对书包说："你别怕，就让她把咱们骂一顿好啦。我又不是故意的。我只是没想到小牛会跑走。就算我挨几巴掌，我不在乎。要是她把你摔在地上，你也不用害怕。你是摔不碎的，你是书包嘛。不过，要是望远镜落到外婆手里，那就不好办了。咱们先把望远镜藏到棚子里，然后再回家……"

他就是这样干的。他是真怕进家门啊。

家里一片寂静，静得叫人提心吊胆。院子里静悄悄的，一个人都没有，好像大家都离开了这里。原来，别盖伊姨妈又被她丈夫打了，外公又去劝说大发脾气的女婿了。老人家少不了又是哀告，又是恳求，还要拉奥罗兹库尔的拳头。他再一次看到女儿被打得遍体鳞伤，看到女儿蓬头散发、号啕大哭的受辱场面；又听到别人当着他这个亲爹的面用最肮脏的话骂他的女儿；听到人家骂她是不生崽子的母狗，是不产驹儿的该死的母驴，还听到各种各样的别的一些下流活。少不了又听到女儿发疯般不要命似的叫喊，诅咒自己的命运："老天爷不叫我怀胎，难道是我的错？世上有多少女人就像绵羊一样，生起来就没完没了，可是老天爷偏偏就和我过不去。为什么啊？我为什么要过这种日子？你还是打死我吧，你这没良心的东西！来，打吧，打吧！"

现在，莫蒙老汉十分痛心地坐在角落里。他闭着眼睛，还在喘粗气，两只手搁在膝盖上不住地哆嗦着。他的脸煞白煞白的。

莫蒙朝外孙望了一眼，什么也没有说，又无精打采地将眼睛合上。外婆不在家。她到别盖伊姨妈家里去了，去劝他们别吵别闹，帮他们整理东西，收拾打碎的碗碟。外婆就是这样：奥罗兹库尔打老婆的时候，外婆从不去过问，也不叫外公去管，等打完了她才去劝，去说宽心话。她能这样，就算不错了。

孩子最可怜外公。每每在这样的日子里，老人家都好像差点儿要死去似的。他像呆了一样，坐在角落里不愿意见人。他心里想什么，也不对任何人说。在这种时候，莫蒙想的是：他已经老了。他有过一个儿子，可是儿子在战争中死了。现在谁也不晓得、不记得他儿子了。要是儿子还在的话，他的命里也许就不会有这么多的磨难了。莫蒙还想念他那去世的老伴儿，从前他们一直相依为命。但最大的不幸，还是两个女儿的命里没有福。小女儿将外孙丢给了他，自己跑到城里去，如今一家人挤在一个小小的房间里。大女儿就在这里跟奥罗兹库尔一起生活，受尽了折磨。虽然有他老人家在她跟前，虽然他为了女儿什么都忍受着，可是一年又一年，她总是享不到做母亲的幸福……她跟奥罗兹库尔一起生活很多年了，实在过够了，可是，她又能往哪里去呢？他已经老了，说不准哪一天就会死

掉，到那时候，这个已经够不幸的女儿又会怎样啊？

孩子匆匆忙忙地喝了一碗酸牛奶，吃了一块饼子，就靠着窗子悄悄地坐了下来。他没有点灯，因为不愿惊动外公。他想让外公好好坐着，慢慢地想。

孩子也在想自己的心事。他不懂，别盖伊姨妈为什么要拿烧酒去讨好丈夫。明明换来的只有一顿拳头，可是，过后她又送上一瓶……

唉，别盖伊姨妈呀，别盖伊姨妈！有多少次，丈夫都把她打得半死，但她总是原谅他。外公也总是原谅他。为什么要原谅他呢？不应该原谅这样的人。他是一个很坏、很没有良心的人。这里才不稀罕他呢。没有他，我们照样能过。

孩子气坏了，他那纯真的头脑活灵活现地描绘出一幅公正地惩治恶人的画面：他们一齐扑向奥罗兹库尔，将这个又肥又大又肮脏的家伙拖到河边，然后来回地摇晃他，再趁势把他扔到河中心。他只能向别盖伊姨妈和外公求饶，因为他是不会变成鱼的……

孩子觉得痛快些了。他甚至觉得很好笑，因为他在想象中看到了奥罗兹库尔在河里挣扎的样子，还看到他那绒布帽子在水里漂着。

但令人伤心的是，孩子认为公正合理的做法，大人们却不照着做。他们的一切做法都和这相反。奥罗兹库尔每次喝了酒回到家，他们还是像什么都没发生过一样去迎接他。外公去牵马，别盖伊姨妈去烧茶炊，就像专门恭候他似的。而他变得更放肆。他先是唉声叹气，然后哭了起来。他说，真没道理，每个人都有孩子，连那些顶不中用、顶窝囊的人都有孩子，而且要多少有多少，五个、十个都行。他奥罗兹库尔什么地方比别人差？什么地方不行？是他的官儿不大？他可是护林所所长，也算可以啦！他又不是什么流浪汉。他是茨冈人，也要生茨冈娃娃，成群成群的娃娃。难道他是什么小人物，该被人瞧不起吗？不，谁都不敢瞧不起他。他比谁都强，胯下有高头大马，手里有鞭子，人们见了他都恭恭敬敬的。那么，为什么那些年纪跟他不相上下的人都在给自己的孩子办喜事，他却连个儿子都没有呢？没有儿子，没有后代，他算什么人啊？

别盖伊姨妈也会跟着哭，但她还要拼命忙活，想方设法讨丈夫喜欢。她拿出藏好的酒，自己也陪他喝几口。奥罗兹库尔越喝越来劲儿，没多久就一下子发作起来，将自己的愤恨一齐发泄到老婆身上。但她还是原谅他。外公也原谅他。谁也没将奥罗兹库尔捆起来。第二天早晨，他酒醒来时，虽然别盖伊姨妈满身青紫，但已经烧好了茶。外公已经让马吃饱了燕麦，备好了马鞍。奥罗兹库尔喝足了茶，朝马上一坐——他又是头儿，又是整个圣塔什山林的当家人。谁都没有想过，早该把奥罗兹库尔这样的人扔到河里去……

天已经黑了，夜晚已经降临。

孩子得到新书包的这一天，就这样结束了。

睡觉的时候，他还没有想好把书包放到什么地方。最后，他把书包放在自己的枕头旁边。孩子这时还不知道，班里几乎一半的孩子都有一个跟这一模一样的书包。这事他到以后才知道，但这也不会让他扫兴。他的书包依然是一个很不平常的书包，是一个顶了不起的书包。这时，他也还不知道，以后他将会在自己的小小人生路上遇到一些新的事。他还不知道，将来有一天，他在这个世界上竟找不到一个靠得住的人，能跟他在一起的只有书包。而这一切，全因为那个他喜欢的长角鹿妈妈的故事……

这一天晚上，他很想再听一遍这个故事。莫蒙老汉自己也很喜欢这个故事，他每次讲这个故事时，都好像在讲他亲眼看到的事情一般，而且边讲边叹气、流泪，讲讲停停，想想心事。

不过，孩子不敢去惊动外公。他明白，外公现在没有心思讲故事。“咱们下次再请他讲吧。”孩子对书包说，“现在让我来把长角鹿妈妈的故事讲给你听，我会一字不落地讲，和外公讲的一样。我会小声地讲，让别人都听不到，你可要好好听。我喜欢讲，并且喜欢像看电影一样看着故事里的一切。外公说，这一切全是真的。故事是这样的……”

第四章　长角鹿妈妈的故事

这是很久以前的事。在很远很远的古代，在大地上的森林比草还多，我们国土上的水面比陆地还大的时候，有一个吉尔吉斯民族，居住在一条又大又寒冷的河的岸边。这条河叫艾涅塞。艾涅塞流得很远，一直流到西伯利亚。骑着马到那里去，要跑三年零三个月。现在这条河叫叶尼塞，那时候却叫艾涅塞。所以，有一支歌是这样的：

有没有比你更宽的河流，艾涅塞？
有没有比你更亲的土地，艾涅塞？
有没有比你更深的苦难，艾涅塞？
有没有比你更自由的意志，艾涅塞？

没有比你更宽的河流，艾涅塞，
没有比你更亲的土地，艾涅塞，
没有比你更深的苦难，艾涅塞，
没有比你更自由的意志，艾涅塞。

艾涅塞就是这样一条河。

当时有各种不同的民族居住在艾涅塞河畔。他们的生活很艰难，因为他们总是互相作对。很多敌人包围着吉尔吉斯民族。一会儿这边的敌人来侵犯，一会儿那边的敌人来侵犯，一会儿吉尔吉斯人自己去进攻别人：夺牲口、烧房子、杀人。他们见人就杀，能杀多少就杀多少——那时候就是这样的。人不怜惜人，人残杀人。他们闹到了没有人种庄稼、养牲口、打猎的地步。当时的人靠抢夺过日子更便当些：闯进别人的地盘，将人一杀，拿起东西就走。可是，杀了人，就要用更多的血来偿还，报复就会引起更大的报复。越这样下去，血流得越多。人们都失去了理性。那时候没有谁来调停和解。谁能出其不意地袭击敌人，将别的民族杀得鸡犬不留，把牲畜和财宝抢劫一空，谁就是最有本事、最了不起的人。

森林里出现了一只怪鸟。从入夜到天明，它都在唱，在哭，在树枝上跳来跳去，用人的声音凄惨地叫着："大祸来啦！大祸来啦！"果然不假，那可怕的一天来了。

那一天，全吉尔吉斯族的人都在艾涅塞河上给他们的老头人送葬。老英雄库利奇当过多年的首领，参加过多次征战，在多次战斗中出生入死。身经百战的他从未受伤，但他的死期还是到了。全族的人十分沉痛地哀悼了两天，准备在第三天安葬英雄的遗骨。依照古老的风俗，为头人送葬时，应当抬着他的遗体从艾涅塞河边的悬崖峭壁上经过，让死者的灵魂可以在高处向母亲河艾涅塞告别。要知道，“艾涅”的意思是母亲，“塞”就是河。让他的灵魂最后唱一遍艾涅塞的歌：

有没有比你更宽的河流，艾涅塞？
有没有比你更亲的土地，艾涅塞？
有没有比你更深的苦难，艾涅塞？
有没有比你更自由的意志，艾涅塞？

没有比你更宽的河流，艾涅塞，
没有比你更亲的土地，艾涅塞，
没有比你更深的苦难，艾涅塞，
没有比你更自由的意志，艾涅塞。

在安葬的岗头上，在洞开的墓穴前，人们要把老英雄高抬过顶，让他看看天地四方：“看看你的河，看看你的天，看看你的地，看看我们这些和你同根生的人。我们都来送你了，安息吧！”最后还要在英雄墓前树石碑，留作千秋万代的纪念。

在安葬的日子里，全族的帐篷要沿着河岸排成长长的一排，以便每一家都能在家门口向老英雄告别。人们抬着老英雄的遗体从帐篷前经过时，帐篷里的这家人就要把志哀的白旗降到地上，降旗时还要边哭边诉，然后跟上大家一起往前走；走到下一个帐篷跟前，下一个帐篷里的人又是边哭边诉，降志哀的白旗。人们就这样一路把老英雄送到安葬的岗头上。

那一天早晨，太阳从山上升起的时候，一切都已准备停当。旗杆上挂起了带马尾的军麾，老英雄作战用的盔甲、盾牌和长矛也被搬了出来。老英雄昔日的战马也披好了送葬的马衣。号手们就要吹起战斗的长号，鼓手们就要擂动震天的大鼓——他们要吹、要擂得森林摇动，令鸟群飞上天，啾啾喳喳地乱转；野兽嗷嗷叫，在森林里乱窜；野草伏到地上，山谷里回声滚滚，群山颤抖。哭灵的女人们松开了头发，准备为老英雄库利奇眼泪汪汪地痛哭一场。骑士们单膝跪下，准备用强壮的肩膀抬起老英雄的遗体。一切都准备好了，就等着起灵了。而在林边的树上，还拴着九匹待宰的母马、九头待宰的公牛、九十头待宰的羊，那是为葬后的丧宴准备的。

这时候，意外的事发生了。艾涅塞河畔的人，彼此之间无论有什么样的深仇大恨，在安葬头人的日子里，都不兴跟人兴兵打仗。可是，就有一大帮敌人，拂晓时便悄悄包围了深陷在悲痛里的吉尔吉斯人的宿营地。这时，敌人一下子从埋伏的地方跳了出来，从四面八方围了上来。所以谁也来不及上马，谁也来不及拿起武器，一场空前的大屠杀就开始了。敌人见人就杀，一个不留。他们打定了主意，要一举消灭勇猛的吉尔吉斯民族。他们把所有的人都杀死。杀光了，就再也没有人记下这笔血债，再也没有人要报仇雪恨，时间会像流沙一样冲掉往事的痕迹，让一切都消失……

一个人从出生到长成需要很长时间，但杀一个人只需转眼工夫。许多人被杀死，躺在血泊里；许多人为了逃脱敌人的利剑和长矛，跳进河里，在艾涅塞的波涛中沉没。吉尔吉斯人的帐篷熊熊燃烧着，大火沿着河岸，沿着悬崖峭壁，延烧数千米。没有一个人逃脱，没有一个人活下来。一切都被捣毁、烧死。死者的尸体被一齐从悬崖上扔到艾涅塞河里。敌人欢呼："现在这些土地是我们的了！现在这些森林是我们的了！现在这些牲畜是我们的了！"

敌人带着大量的掳获物扬长而去，却没有发觉，有一男一女两个小孩从森林里回来了。他们又淘气又不听话，一清早就瞒着大人跑到附近森林里去剥树皮编小篮子。他们玩得起劲儿，不知不觉走到密林深处。等他们听到大屠杀的厮杀声和呼喊声急忙赶回家时，他们的父母和兄弟姐妹已经不在人世了。两个孩子落得无亲无故。他们哭着从一处灰堆跑到另一处灰堆——营地里到处看不到一个人。他们转眼间就成了孤儿，仿佛整个人世间就只剩下他们两个。远处灰尘滚滚，敌人正把他们在血腥的征战中掠得的马匹和牛羊赶往自己的地盘。

两个孩子看到马蹄荡起的灰尘，便向前追去。两个孩子一面哭喊，一面跟在凶恶的敌人后面跑。只有孩子才会这样。他们不想着躲开杀人凶手，倒是追赶起他们来了。他们只图不孤单，只想赶快离开这块一片血腥、可怕的地方。男孩和女孩手挽手地跑着朝前追，喊敌人等一等他们，带他们一块儿走。但是，在人喊、马嘶、嘚嘚蹄声中，在劫掠者的马跑得正欢时，哪里听得到他们那微弱的喊声？

男孩和女孩拼命跑了很久，但总是赶不上。后来他们跌倒在地上。他们非常害怕，不敢朝四周张望，也不敢随意挪动。两个孩子紧紧靠在一起，在不知不觉中睡着了。

有句老话叫“吉凶难卜孤儿命”。这话倒也不假。夜晚平平安安地过去了。没有野兽来惊动他们，也没有林中巨怪将他们抓走。他们醒来时，已是早晨。阳光明媚，百鸟齐鸣。两个孩子爬起来，又顺着马蹄的印迹走去。他们在路上采些野果和野菜充饥。他们走呀走呀，走到第三天，来到一座山上。他们朝下一望，只见山下碧绿的大草甸子上正举行着盛大的宴会。数不清有多少帐篷扎在那里，数不清有多少火堆在冒烟，数不清有多少人围着火堆。姑娘们在荡秋千，在唱歌。身强力壮的汉子为了让大家开心，有的正像雕一样在转着圈子，有的在摔跤。这是敌人在庆祝他们的胜利。

男孩和女孩就站在山上。他们不敢朝山下走，但是真想到火堆跟前去。火堆那边的烤肉味、面包味、野葱味好香啊。两个孩子忍不住，还是走下山去。山下的人觉得这两个孩子来得蹊跷，便一齐围了上来。

“你们是什么人？从哪里来的？”

“我们饿了。”男孩和女孩回答说，“给我们点儿吃的吧。”

那些人从他们的口音听出了他们是什么人，一齐乱哄哄地叫了起来。他们在争论：是马上杀死这两个没有杀绝的敌人的种子呢，还是将他们带到可汗那里去？有一个好心肠的女人，趁大家七嘴八舌地争论的时候，给两个孩子每人塞了一块烤马肉。他们在被带往可汗那里去的路上，还一直在吃马肉。他们被带进一顶高大的帐篷，帐边还站着手执银斧的卫士。整个营地上都在传着一个令人不安的消息：不知从哪里来了两个吉尔吉斯族的孩子，他们的出现意味着什么呢？大家都停止了作乐和宴饮，一齐拥到可汗的帐前。这时候，可汗正跟手下的贵族将领一起坐在白得像雪的毡上，喝着蜂蜜调制的马奶酒，听着颂歌。可汗得知大家拥到帐前的原因，十分震怒：“你们竟敢打扰我的清兴？我们不是把吉尔吉斯族斩尽杀绝了吗？ 我不是让你们成为艾涅塞河上千秋万代的主人了吗？你们跑来干什么？胆小鬼！你们睁开眼看看，坐在你们面前的是什么人！麻脸瘸婆婆，你过来！”可汗叫道。麻脸瘸婆婆从人群中走了出来，可汗对她说：“把这两个孩子带到密林里去，将他们收拾掉，让吉尔吉斯族从此绝种，干干净净，今后再也无人提起。去吧，麻脸瘸婆婆，照我的命令行事……”

麻脸瘸婆婆一声不响地接受了命令，拉起两个孩子的手就走了出去。他们在森林里走了很久，走到艾涅塞河边一处高高的悬崖上。麻脸瘸婆婆让两个孩子在这里停下，要他们并肩站在悬崖边。在把他们推下悬崖之前，她口中念道："伟大的艾涅塞啊！要是把一座山抛到你的深处，山就会像一块石头一样沉到河底。要是把一棵百年古松抛向你，松树就会像一根小树枝一样被冲得无影无踪。现在你收下这两粒小小的沙子，收下这两个人类的孩子吧。人间没有他们的存身之地。还用得着我对你说吗，艾涅塞？要是星星都变成人，天空就不够他们住了。要是鱼都变成人，江河和海洋就不够他们住了。还用得着我对你说吗，艾涅塞？把他们收下，把他们带走吧。趁他们年幼，趁他们心地纯洁，趁他们还有孩子的良心，还没有害人的心思，还没有做害人的事情，让他们离开这罪恶的世界吧，免得他们遭受人间苦难，也免得他们去坑害别人。收下他们吧，收下他们吧，伟大的艾涅塞……"

男孩和女孩号啕大哭。他们哪里有心思听老婆子的话，站在悬崖上朝下望是那样可怕。百丈悬崖之下，怒涛滚滚。

"孩子们，你们最后拥抱一下，告个别吧。"麻脸瘸婆婆说。她卷起袖子，为的是推他们的时候更利索些。她又说："孩子们，你们别怪我。你们命该如此。虽然现在由我来干这件违心的事，但也是为了你们好……"

她刚说到这里，一旁传来了说话声："等一等，大仁大智的女人，不要杀害无罪的孩子。"

麻脸瘸婆婆回头一看，觉得很奇怪：站在她面前的是一头母鹿，正用一双老大老大的眼睛望着她，露出责备和忧伤的神情。母鹿一身白色，就像生头胎的妈妈的奶水那样白；肚子上的绒毛是褐色的，很像小骆驼的毛；头上的角美极了，自然伸展着，就像秋天的树枝；乳房又洁净又光润，就像正喂奶的妇女的乳房。

“你是谁？你为什么讲人话？”麻脸瘸婆婆问道。

“我是鹿妈妈。”母鹿回答说，“我讲人话，是因为别的话你听不懂，也就没法听从我的劝告。”

“你想让我怎么做呢，鹿妈妈？”

“大仁大智的女人，请你把孩子放了吧。我请求你把他们交给我。”

“你要他们干什么？”

“人类把我的双生子——两头小鹿打死了。我想找其他孩子来抚养。”

“你想抚养他们吗？”

“是的，大仁大智的女人。”

“可是，你好好想过没有，鹿妈妈？”麻脸瘸婆婆笑了起来，“他们是人的孩子呀。他们长大了，会杀害你的小鹿的。”

“他们长大后不会杀害我的小鹿。”鹿妈妈回答说，“我将是他们的妈妈，他们将是我的孩子。难道他们会杀害自己的兄弟姐妹吗？”

“哼，这可难说，鹿妈妈，你对人真不了解！”麻脸瘸婆婆摇摇头，“人连森林里的野兽都不如，人害起人来从不手软。

我可以把这两个孤儿交给你，以后你就明白我的话是有道理的。不过，这两个孩子即使在你身边，也还是要被人杀掉。你何必自讨苦吃呢？”

“我会把孩子带到很远的地方去，在那里，谁也找不到他们。大仁大智的女人，可怜可怜这两个孩子，放了他们吧。我会给他们做个好妈妈的……我的乳房都胀得疼了。我的奶水都往下滴了。我的奶就等孩子们来吃呢。”

“要是这样，我没有什么可说的。”麻脸瘸婆婆想了想，说，“你就领去吧，快点儿把他们带走，带到你那很远的地方去。可是，如果他们在老远的路上死掉，如果有强盗把他们杀死，如果今后你这两个人类的孩子恩将仇报，那你只能怨你自己了。”

鹿妈妈向麻脸瘸婆婆道了谢，便对男孩和女孩说：“现在，我是你们的妈妈，你们是我的孩子了。我要把你们带到很远的地方去，那里有很多雪山，雪山上到处是森林。而在雪山的怀抱里，有一处波浪滚滚的大湖，叫伊塞克。”

男孩和女孩高兴极了，连蹦带跳地跟在长角鹿妈妈后面跑。但是，等到他们累了，没有劲儿的时候，路还远得很。他们要从大地的这一边走到那一边。要不是长角鹿妈妈用自己的奶喂养他们，到夜里又用自己的体温帮他们取暖，他们早就走不动了。他们走了很久，把他们的故乡艾涅塞越抛越远，但是离全新的家乡伊塞克还远得很。冬去春来，过了冬天，又是春天，然后又是夏天，又是秋天，又是冬天，过了一年又一年。他们不知穿过了多少茂密的森林、酷热的草原、流动的沙漠，越过多少高山和汹涌奔腾的河流。如果有狼群追赶他们，长角鹿妈妈就把他们驮在背上，带他们避开残忍的野兽。如果遇上猎人骑马带箭追赶他们，在后面喊："鹿把人的孩子抢跑啦！逮住它！逮住它！"并且在后面不断地放箭，长角鹿妈妈就驮着两个孩子飞奔，带他们逃离那些多余的救护者。鹿妈妈跑得比箭还快，一面跑一面不住地小声说："坐稳些，孩子们，后面有人在追赶！"

终于，长角鹿妈妈将它的这两个孩子带到了伊塞克。他们站在山上，感到十分惊奇。周围是一座座带雪的高峰，但绿色的森林遍布山间，眼前则是望不到边的巨湖。白色的波浪在蓝色的湖面上滚动，风从远方将波浪吹来，又将波浪吹向远方。不知哪里是伊塞克的头，哪里是伊塞克的尾。这一边的太阳已经升起，那一边却还是夜晚。伊塞克周围究竟有多少山，数也数不清。这些山后面又有多少同样高耸的山峰，谁也不知道。

"这就是你们新的家乡了，"长角鹿妈妈说，"你们就住在这里，种地，打鱼，养牲口。你们就在这里安居乐业，千年万载地生活下去。你们还要传宗接代，繁衍子孙。还要让后代不要忘记你们带到这里来的语言，让他们可以畅快地用自己的语言说话和歌唱。人应该怎样生活，你们就怎样生活。我要跟你们在一起，跟你们的子子孙孙永远在一起……”

这样，男孩和女孩，吉尔吉斯族最后的两个人，就以美丽富饶、万世长存的伊塞克湖畔为新的家乡了。

时间过得飞快。男孩长成了健壮的汉子，女孩长成了成熟的女子。于是他们结婚，成为夫妻。长角鹿妈妈也没有离开伊塞克，就住在伊塞克的森林里。

有一天，黎明时分，伊塞克湖上忽然起了风浪，喧腾起来。女人要临盆了，她痛苦地挣扎着。男人害怕了，跑到山崖上，高声喊叫起来：“鹿妈妈，你在哪里啊？伊塞克在闹腾，你听到没有？你的女儿要生孩子了。鹿妈妈，快来啊，快来帮助我们……”

这时候，远处传来清脆悦耳的叮当声，就像商队的铃声。那声音越来越近。长角鹿妈妈跑来了。它送来一个叫别色克的小孩摇篮，那弯弯的摇把就挂在它的角上。别色克是用白桦木做的，摇把上拴着一个叮当作响的银铃——至今，这银铃还在伊塞克一带的别色克上响着。妈妈摇动摇篮，银铃就会叮当响，就像是长角鹿妈妈正从远方跑来，角上还挂着白桦木摇篮……

长角鹿妈妈刚刚应声来到，孩子就生下来了。

“这只别色克是给你们的第一个孩子的。”长角鹿妈妈说，“你们会有很多孩子，会有七个儿子，七个女儿！”

当爸爸的和当妈妈的都高兴极了。为了纪念长角鹿妈妈，他们给刚出生的长子取名为布古拜[1]。布古拜长大成人后，娶了基普恰克族的一个美女为妻。于是，布古族（也就是长角鹿妈妈族）就繁衍起来了，此后成为伊塞克湖畔庞大而强盛的一族。布古人将长角鹿妈妈尊为圣母，会在帐篷门口上方绣上鹿角标志——由此，人们从远处就可以看出，这帐篷是属于布古族的。布古人在应对敌人进犯时、在赛马时，总是大声呼喊："布古！"布古人总是取得胜利。那时候，伊塞克湖畔的森林里奔跑着许多雪白的长角鹿，它们是那样美丽，连天上的星星都会羡慕。它们都是长角鹿妈妈的子孙。谁也不去打扰它们，谁也不去欺负它们。布古人见到鹿，就下马让路。人们总把心爱的美丽姑娘比作美丽的白鹿……

这种情况一直持续到一个十分富有、显赫的布古人去世。这个布古人有千千万万头羊、千千万万匹马，周围所有人都是他手下的牧人。他的儿子们为他举办了盛大的丧宴，从四面八方请来最有身份的人参加。他们在伊塞克湖畔为客人扎起了上千顶帐篷。数不清宰了多少牲口，喝了多少马奶酒，端上了多少山珍海味。富翁的儿子们神气极了，他们让人们都知道，父亲死后，儿子们还是多么富有，多么慷慨大方，又是多么孝敬父亲，多么隆重地悼念父亲……（"哎，哎，我的儿子啊，如果炫耀的不是才华，而是金银财宝，那可不好。"）

---

①在吉尔吉斯语中，"布古"指的是鹿，而"布古拜"这个名字意为对鹿表示尊敬。

歌手们骑着死者儿子们赠送的骏马来回驰骋，穿着赠送的貂皮帽和丝绸长袍到处炫耀，争先恐后地歌颂死者和他的后人。

“在太阳底下，哪里有这样幸福的生活，哪里有这样大排场的丧宴？”一个歌手唱道。

“开天辟地以来，这样的事都不曾见！”另一个唱。

“哪里都不曾见。只有我们这里才这样孝敬父母，这样光宗耀祖、显扬门庭。”第三个唱。

“哎，花言巧语的歌手们啊，你们在这里嚷嚷什么！世界上还没有那样美好的词句，能够将主人的恩惠和死者的声望恰如其分地赞誉！”第四个唱。

他们就这样日日夜夜地赛歌。（“哎，哎，我的儿子啊，要是歌手赛的是吹捧，从歌手变成歌曲的死敌，那就糟糕了！”）

那场有名的丧宴热热闹闹地举办了许多天。富翁那些不可一世的儿子很想胜过其他人，甚至想超过世界上所有人，让自己的声望传遍天下。于是他们想在父亲的坟上安放一对鹿角，让大家知道，这是出身于长角鹿妈妈一族的光荣先人的坟墓。（“哎，哎，我的儿子啊儿子，古人有句话，财富滋生傲慢，傲慢造就狂妄。”）

富翁的儿子们一心要用这种闻所未闻的办法来显耀他们的父亲，谁也拦不住。

他们说干就干。他们派出一些猎人，猎人打到一头鹿，将鹿角劈了下来。鹿角约有一米五长，像飞鹰的翅膀。富翁的儿子们很喜欢这对鹿角——每只角上都有十八个杈儿，就是说，这鹿已经十八岁了。好极了！他们就叫人将鹿角安放在坟

墓上。

老年人都十分气愤："你们凭什么把鹿打死？是谁，竟敢动手杀害长角鹿妈妈的后代？"

富翁的儿子们回答说："这鹿是在我们的地盘上打死的。凡是在我家土地上跑的、爬的、飞的，从苍蝇到骆驼，都是我家的。我们自家的东西，我们自己知道该怎样处置。你们都滚开！"

仆役们用皮鞭抽打这些老年人，让他们倒骑在马上，侮辱他们，将他们撵走。

这一下就开了头——长角鹿妈妈的后代从此就遭殃了，几乎每个人都要去森林里猎捕白鹿。每个布古人都认为在先人坟上安放鹿角是义不容辞的，这种事被认为是孝行，是对亡者特别尊敬的行为。谁没有本事弄到鹿角，谁就觉得不体面。人们开始买卖鹿角，储存鹿角。长角鹿妈妈一族中，出现了靠猎取、售卖鹿角为生的人。（"哎，哎，我的儿子啊，在金钱万能的地方，既没有美，也没有善良。"）

伊塞克森林里的鹿面临着覆灭的命运。人们对它们毫不留情。就算鹿跑到陡峭的悬崖上，人们也不肯放过它们。人们放出成群的猎狗去追赶它们，将它们赶到埋伏着射手的地方，然后全部射杀。成群成群的鹿被杀害，被消灭。人们甚至还打赌，看谁能搞到枝杈更多的鹿角。

鹿没有了。山里空荡荡的。不论是深夜还是黎明，都听不到鹿的叫声。不论在森林里还是在川地上，都看不到鹿在吃草，看不到鹿将长角擎在背上飞快地奔跑，看不到鹿像飞鸟似的掠过深谷。很多人从出生到死亡，一次都没有看到过鹿，只是听过有关鹿的故事，再就是见过坟墓上的鹿角。

长角鹿妈妈又怎样了呢?

长角鹿妈妈很生气，对人十分恼恨。据说，在鹿被枪弹和猎狗逼得无处存身的时候，在鹿的数量只剩下屈指可数的时候，长角鹿妈妈登上最高的山顶，告别了伊塞克湖，带着仅剩的一些孩子穿过一个很大的山口，往别的地方、别的山里去了。

世上的事情往往是这样的。这个故事就是这样的。信不信由你。

长角鹿妈妈临走的时候说，它再也不回来了……

第五章　鹿又回来啦

山里的秋天又到了。热闹的夏天过后，一切都在迎接秋天的凄清。四下里已经看不到畜群荡起的灰尘，火堆早已熄灭。牲畜过冬去了，人走了，山里空了。

老鹰零零落落地在天上飞过，难得叫上一声两声。河水不那样喧闹了，也不再像夏天那样涨满了河槽，此刻落了下去，变浅了。青草不再生长，渐渐枯萎。树叶在树枝上待厌了，已经开始往下落。

夜间，那些最高的山峰上已经落上一层银色的初雪。拂晓时候，那一座座黑乎乎的高山山脊都变成了灰白色，好像一只只长了白色后颈的黑褐色狐狸。山谷里的风越来越冷，越来越刺骨。不过，天气暂时还是晴朗、干爽的。护林所对岸的森林很快就进入了秋天，火红的秋色有如无烟的野火，从河边向上延烧，烧遍了陡峭的灌木丛带，直到黑松林的边缘才停止。最鲜艳、最火红的是杨树林和白桦林，它们向上爬的劲头也最足，一直爬到大森林高处积雪的地方，爬到黑压压的松树和云杉王国的边界。

森林里向来十分干净，而且像教堂一样肃穆。森林里只有一棵棵挺立的褐色树干，只有干爽的松脂气味，只有落得遍地都是的棕黄色针叶。也只有风，会在老松树的树梢上悄悄吹过。

可是，从今天清早起，被惊动的寒鸦就在山上叫个不停。一大群嘎嘎直叫的寒鸦，在松林上空不住地盘旋。寒鸦是被斧头声惊得一齐叫起来的，这会儿正争先恐后地嚷着，好像它们在光天化日之下遭了抢劫似的，紧盯着正将砍下的松树朝山下运的那两个人。

砍下的木头是用马拖着走的。奥罗兹库尔走在前面，拉着缰绳。他皱着眉头走着，不住地喘着粗气，就像老牛耕田。他那斗篷还不时地被灌木挂住。在他后面，紧紧跟着木头走的是莫蒙外公。在这样高的地方干活儿，他也感到很吃力，老人家也在呼哧呼哧地喘着气。他手里拿着一根桦木棒，一面走，一面不时地用木棒拨动木头。木头一会儿撞到树桩上，一会儿撞到石头上。每到上斜坡，木头老是想横过来朝下滚。要是那样，就免不了会出事——那是会砸死人的。

用木棒控制木头动向的人随时面临着更大的危险。但是，天下事无奇不有：奥罗兹库尔已经有好几次被吓得撇下马跳开了去，而每当他看到老头子冒着生命危险在斜坡上撑住木头，等他回到马跟前去拉缰绳时，他都觉得老头子损了他的面子。于是，正如俗话说的：要遮自己的羞，就得羞辱别人。

“你想要我的命吗?”奥罗兹库尔对老丈人大声喝道。

周围一个人也没有。没有人听到,也没有人指摘奥罗兹库尔:哪里见过像你这样对待老年人的?莫蒙也只是怯生生地说,他自己也可能叫大木头压死,为什么要这样对他喝叫,好像他是故意这样干似的。

但是,这一来,更是把奥罗兹库尔惹火了。

“你算什么东西!”他气汹汹地说,“就算把你砸死也不要紧,反正你也活够了,你怕什么?但我要是摔死了,谁肯要你那不开窍的女儿?谁用得着这种不生不养、倒霉的婆娘?”

“孩子,你这个人可真难伺候。你一点儿也不尊敬人。”莫蒙回答说。

奥罗兹库尔停了下来,将老人打量了一番。“像你这样的老家伙早该躺在炉灶跟前,拿炉灰来烤屁股了。可是你现在好歹还拿着工资。你的工资从哪里来的?靠我呗!你还要什么样的尊敬?”

“好啦,我是随便说说的。”莫蒙自己服了软。

他们就这样继续走着。他们又爬上一个山坡,然后停在坡上休息。马已经浑身是汗,到处水淋淋的。

寒鸦一直没有安静过,一直在天上打圈子。黑压压的一大片,嚷得非常起劲儿,好像打定了主意要叫一整天。

“寒鸦叫,冬天早早到。”莫蒙再次开口。他想讲点儿别的,让奥罗兹库尔消消气。“寒鸦这是要飞走了。寒鸦不喜欢有人来打扰。”他又补上一句，像是在替不懂事的鸟儿道歉。

“哪一个打扰它们了？”奥罗兹库尔猛地转过头来，脸一下子变得通红。“老头子，你又在胡扯了。”他用严厉的口吻低声说。

他在心里说：“哼，话里有话哩！怎么，就为了你那寒鸦，松树都不能碰，连根树枝都不能砍啦？没有这种事！现下这里还是我当家。”他拿眼睛狠狠瞪了瞪嘎嘎直叫的鸟群，心里又说：“嘿，有一挺机枪就好了！”然后，他转过脸，骂了两声娘。

莫蒙一声不吭。他听不惯女婿骂娘。“他又来了，”老人家难过地想，“一喝酒，就凶得不得了。酒醒了，还是一点儿道理也不讲。人究竟为什么会这样呢？”

莫蒙越想越伤心：“你对他一片好心，他对你恶意相报。既不觉得有愧，又不肯问问良心。好像就应该这样。他总认为自己有理，只要他舒服就行，周围的人都该伺候他。你不愿意，他就逼着你干。好在他这种人是在山里，在森林里，手下只有这么一两个人。要是他的官儿更大些，又会怎样呢？天哪，可别叫他当大官儿……而且这种人实在多得很，他们什么都能捞到手。这种人你想躲都躲不掉，他们无处不在，总能找得到你。为了让他自己过得自在，他能把你的命折腾掉。可他还是有理的一方。是啊，这种人太多了……”

“好啦，歇够了。”奥罗兹库尔打断老人家的思路，“走吧。”他下命令道。

于是，他们又往前走。

今天清早起，奥罗兹库尔心里就不痛快。他们本当一大清早就带上家什过河到对岸的森林里去的，莫蒙却忙着送外孙上学去。这老头子简直发昏了！每天早晨都要备马送孩子上学，然后又要骑马去把孩子从学校接回来。天天就为这个没人要的孩子忙活，说什么上学不能迟到，真是了不得啦！要是这里有急事——天晓得会是什么样的事，照他这么说，其他事都是可以放一放的啰。老头子居然还说："我很快就回来，万一孩子上课迟到了，见了女教师会不好意思的。"哼，见了她不好意思！老糊涂！那个女教师又算什么？一件大衣穿了五年。总看到她夹着练习本、提着提包在外面乞讨，什么东西都要向区里要，要起来没完没了：一会儿给学校要煤，一会儿要玻璃，一会儿要粉笔，要不然就是要抹布。真正像样的教师会到这样的学校来吗？大家给这学校取的外号真不错——小家伙学校。她倒真是个小家伙。她有什么用？真正像样的教师都在城市里。城市里的学校有明晃晃的玻璃窗，教师都系领带。但那是在城市里呀……城市里有多少首长坐着汽车满街跑！那又是什么样的汽车呀！那汽车乌黑锃亮，开过来时平平稳稳的，让你不由得停下脚步，气也不敢喘地站得笔直，等着它开过去。可他们城里人就好像没有看到这些汽车似的，忙忙碌碌，来去匆匆，只顾走自己的路。在城市里过日子才真像过日子哩！要是能调到城市里去，在城市里住下来，有多好啊！在城市里，受不受人尊敬，全看地位。有了地位，就一定受人尊敬。地位越高，越受人尊敬。大家都是文明人。在城市里，不必因为吃几顿饭或者收了什么礼物，就去搞木头或者去做诸如此类的事来还人情。不像在这里，给你五十块，至多一百块，人家就能把木头弄走，还要说你的坏话：奥罗兹库尔受贿啦，他这样那样……真是愚昧无知！

是啊，真该到城市里去……嘿，让这些山、这些森林、这些该死的木头，让不生孩子的老婆，让糊涂的老头子和他那当宝贝似的狗崽子，统统见鬼去吧！嘿，要是能到城市里，我就会像吃饱了燕麦的马一样欢蹦起来。我会叫人尊敬我："奥罗兹库尔·巴拉扎诺维奇，我能进您的办公室吗？"到了城市里，我要娶个城里的女子。为什么不可以呢？比如说，娶个演员，要漂亮的，又会唱，又会跳，手里还拿着麦克风。据说，在她们眼里，一个人顶要紧的就是要有地位。我要系着领带，挽着那样的美女，一起到电影院去。她的高跟鞋噔噔响，浑身香喷喷，让过路人都伸长了鼻子。不用说，孩子也要生一些。我要让儿子学法律，叫女儿学钢琴。城里的孩子显然不同，他们更聪明，在家里说的全是俄语，才不会满嘴土话。他也要娇养自己的孩子，让他们说："好爸爸，好妈妈，我要这样，我要那样……"对自己的孩子，还有什么舍不得的？嘿，他要让很多人都眼红，让大家看看，他是什么人！他哪一点比别人差？那些在他上面的人，哪一点比他高明？都是一些跟他一样的人嘛。只不过他们走运，他不走运罢了。但这也得怪他自己没有福气。林业人员训练班结业后，他就该到城里去的，去上技术学校，或者是去上大学。他却沉不住气，一心要弄个差事干干。虽然是个小差事，可总是个差事。但这样一来，他就得天天在山里转，天天就像老驴一样拖木头了。还有这些讨厌的寒鸦。叫什么呀，打什么圈子？嘿，如果他有一挺机枪就好了……

奥罗兹库尔心情不好是有原因的。快活的夏天已过，秋天来了。随着夏天的逝去，他到牧羊人和牧马人那里做客的好日子也过去了。正像歌里唱的那样："高山牧场花儿落，又到返回平川时……"

秋天到了。人家抬举他，请他吃喝，他因此欠下的债、许下的承诺，现在都得一一清偿。他说过的大话也得兑现："你要什么？要两根松木做屋梁，就这么一点儿？这有什么好说的！随你什么时候来，松木是现成的！"

过去说了大话，收了礼物，喝了酒，现在就得一面拼命咒骂，一面累得气喘吁吁、汗流浃背地在山上拖木头。这些木头叫他吃了很大的亏。说起来，他这一辈子老是吃亏。忽然，他的脑子里闪过一个冒险的念头："我不如什么都不管，想到哪里，就到哪里去！"但是他马上就明白，他哪里都去不成。哪里都不要他，更没有谁需要他，他到哪里都过不上他所盼望的那种日子。

他敢离开这里，或者不履行诺言试试看！那些三朋四友准会出卖他。都是一些靠不住的家伙。前年，有一个布古族同胞送他一头羔羊，他答应给他一根松木。但到了秋天，他不愿意上山去弄树。这种事说说倒容易，可是，要爬山，要锯，还要拖下山，真要命！如果是几十年以上的大松树，那就更难对付了。无论给多少黄金，他都不愿意干这种活儿。那几天莫蒙老汉恰好病了，躺在床上。他一个人是不行的，他没本事一个人到山里搞木头。一个人砍树，也许能把树砍倒，可是拖不下山……他要是早知道后来出的事情，他会叫上谢大赫玛特一起去搞松树。可是当时奥罗兹库尔懒得爬山，便决定随便弄一棵树把那个同族人应付过去。那人却无论如何不依：他要的是真正的松木，非给不可！那人质问："羊羔拿到手，就要赖账不成？"奥罗兹库尔也发了脾气，将他摔了出去，还说："不想要，就给我滚蛋！"可是，那个小伙子也不是好惹的。他写了一封控告信，控告圣塔什保护林护林员奥罗兹库尔·巴拉扎诺维奇，还在信中添枝加叶、真假参半地把奥罗兹库尔写成一个"森林的破坏分子"，简直可以枪毙。后来，奥罗兹库尔被弄到区里和林业部的各种审查组织去审查了很久，好不容易才摆脱……你瞧，这就是同族人！还要说什么"我们都是长角鹿妈妈的子孙。一人为大家，大家为一人！"。这简直是胡扯！这些人为了一个铜子，恨不得互相掐脖子，或者送你进监狱，鹿妈妈又管屁用！在古时候，人们才相信鹿妈妈。那时候的人不知愚昧无知到何种程度，真是好骗！现在大家可都是有文化、有知识的人了！谁还相信这种哄小孩子的故事！

自从出了那件事以后，奥罗兹库尔就发誓：今后来的不论是哪一个，不论是什么样的熟人、同族人，哪怕是长角鹿妈妈嫡亲的孩子，他连一根树枝、一根枝条都不会给。可是，夏天又来了。山里那片碧绿的草甸子上又出现了一顶顶白色的帐篷。羊在欢叫，马在长嘶，河边、溪边炊烟袅袅。阳光明媚，处处花香，处处能闻到令人陶醉的马奶酒香味。来到帐篷旁边，呼吸着清新的空气，坐在碧绿的草地上，跟朋友共享马奶酒和鲜嫩的羊肉，真是件乐事！然后再来一杯伏特加酒，让头脑晕乎乎的。这时候就会觉得自己力大无穷，能够把大树连根拔起，或者能把随便哪一座山的山头拧下来……奥罗兹库尔在这样的日子里往往会忘记自己的誓言。听到人们称他为大森林的大老板，他更是美滋滋。于是，他又许诺，又接受礼物……等秋天一到，森林里不一定哪一棵祖宗留下来的古松又要遭殃了。

秋天从收割后的田野悄悄爬到山上，向四面八方扩散开去。秋风吹过，青草黄了，森林里的树叶红了。

野果熟了，羊羔也长大了。羊羔开始分群，公的跟公的在一起，母的跟母的在一起。女人们将干奶酪收进麻袋准备过冬。男人们在商量，回川地去时该是谁来第一个开路。那些在夏天就跟奥罗兹库尔谈妥了交易的人，在离开之前通知他，要在某日某时开汽车到护林所来装运他答应给的木头。

今天傍晚，就要有一辆带拖车的汽车来装运两根松木。有一根松木已经在山下，已经拖过了河，弄到了汽车要开到的地方。还有一根，就是这一根，正由他们往山下运。此时此刻，要是让奥罗兹库尔把用木头换得的吃喝还回去，他马上就会照做，只要能不干这又苦又累却不得不干的活儿就行。

唉，住在山里，命真苦啊。他是躲不过这活儿了，因为带拖车的汽车今天傍晚就要到了，夜里就要把木头运走。

要是一切能平安无事，倒也罢了。汽车来这儿要经过国营农场，还得从场部办公室门前经过，没有别的路。常常有公安局和国家检察机关的人到农场里，区里来的人就更多了。拉木头的汽车万一被他们发现，他们就要问："这木料是从哪里弄的，要弄到哪里去?"

奥罗兹库尔一想到这里，脊梁骨都凉了。他对一切人和一切事都充满了怨恨。他怨恨头顶上嘎嘎直叫的寒鸦，怨恨倒霉的老头子莫蒙，怨恨能掐会算、三天前就跑到城里去卖土豆的懒家伙谢大赫玛特。他明明知道要到山上拖木头，却溜走了……他要在市场上办完自己的事才能回来，要不然，奥罗兹库尔可以叫他跟老头子一块儿来拖木头，用不着自己来受罪。

可是谢大赫玛特离他远得很，寒鸦也没法子打。在顶没有办法的时候，本来还可以打打老婆，可是现在想回家还得走很久。于是他的出气对象就只剩下莫蒙老汉了。奥罗兹库尔气喘吁吁地在山上走着，发出呼哧呼哧的声音。他越走越火，走一步骂一声。他既不心疼马匹，也不心疼走在他后面的老头子，径直地穿过灌木丛朝前走。让马死掉好啦，让老头子死掉好啦，他自己也来个心脏病发作，一块儿死掉好啦！既然他倒霉，大家都别想有好日子过。让这个世界完蛋好啦！这世界上的一切都安排得不合要求，没有照顾到他奥罗兹库尔的身份和地位。

奥罗兹库尔再也控制不住自己，他牵了马穿过一丛灌木，径直走下一处陡坡。就让老好人莫蒙跟着木头跳个够吧。他要是敢撑不住，就让他好看！奥罗兹库尔拿定了主意，在心中默念："我要揍那老混蛋一顿，决不饶他。"过去他从来不敢拖着木头下这样危险的斜坡。可是这一次他叫鬼迷住了。莫蒙也来不及制止他，只来得及喊了两声："你朝哪里去？哪里去？站住！"就看到木头横转了过来，朝下滚去，把灌木压得一弯一弯的。那木头湿漉漉的，十分沉重。莫蒙想用木棒抵住，不让木头朝下滚，可是木头来势太猛，一下子就把老头子手里的木棒撞掉了。

一切都发生在瞬间。马摔倒了，翻身朝下滚去。马倒的时候将奥罗兹库尔撞倒了。他一面朝下滚，一面慌慌张张地拼命抓灌木丛。就在这时候，在密密的枝丛中，有几只长角的动物惊慌地跳了开去。这几只动物连蹦带跳地跑到桦树林中去了。

"鹿！鹿！"莫蒙外公又惊又喜，情不自禁地叫了两声。

接着又不作声了，好像不敢相信自己的眼睛。

山里忽然静了下来，寒鸦似乎一下子飞走了。木头压在矮小而结实的小桦树上，卡在了斜坡上。马被挽索绊住，但自己站了起来。

衣服被挂得稀烂的奥罗兹库尔爬到了一旁。莫蒙连忙跑去救女婿。

“啊，是圣母长角鹿！是它搭救了咱们！你看到没有？我们都是长角鹿妈妈的孩子。咱们的圣母回来啦！你看到没有？”

奥罗兹库尔还不相信，但一切已经平安无事了。他满面羞臊，很不高兴地爬了起来。他一面拍打身上的尘土，一面说：“够了，老头子，别胡扯啦！快去把马身上的挽索解开！”莫蒙顺从地跑去给马解挽索。

“圣母长角鹿啊！”他还在喜不自禁地嘟哝着，“鹿又回到我们的森林里来啦。鹿妈妈没有忘记我们呢！它饶恕我们的罪过了……”

“你还在唠叨？”奥罗兹库尔冲他说。奥罗兹库尔已经不再害怕，恢复了常态，心里又像先前一样怨恨起来。“又在编你的故事啦？你自己老糊涂了，就以为别人也相信你那些胡诌八扯的玩意儿啦？”

“我亲眼看到的。那是鹿。”莫蒙外公不服气地说，“难道你没有看到吗，孩子？你自己也看到的嘛。”

“嗯，看到的。好像跑过去的是三头……”

“是的，三头。我也觉得好像是这样。”

“那又怎样呢？鹿就是鹿呗。刚才我们可是差点儿把命送掉。有什么好开心的？要是那些是鹿，那就是从山那边跑过来的。在山那边，也就是在哈萨克斯坦的森林里，听说还养着鹿。那边也是保护林，也许这鹿也是受保护的东西。鹿来了就来了，干我们什么事？哈萨克斯坦跟我们毫不相干。”

“鹿也许要住在咱们这里呢？”莫蒙外公幻想起来，“能住下来就好了……”

“好啦，扯够了！”奥罗兹库尔打断他的话，“走吧。”

他们还得拖着木头朝下走很久，然后还要用马拖着木头过河。过河也是一件很不容易的事。要是能平安无事地将木头拖过河，还要再把它弄到一座小丘跟前，等汽车来装运。

唉，要花多少力气啊……

奥罗兹库尔觉得自己实在倒霉。他觉得周围的一切都安排得很没有道理。那些山，全都无知无觉，既没有什么盼头，又没有什么不如意的事，一天到晚就那样待着。森林就这样进入秋天，然后又跨入冬天，也不会遇到什么困难。连寒鸦都很自在，想怎样飞就怎样飞，想怎样叫就怎样叫。再说鹿，如果真的是鹿的话，那就是从山那边来的，它们在森林里想怎样跑就怎样跑，想往哪里跑就往哪里跑。在城市里的人也无忧无虑，他们在柏油马路上溜达，坐小汽车，下馆子，天天寻欢作乐。

可是命运偏偏将他抛在这山沟里，他真倒霉……就连这个老好人莫蒙，他这个没出息的老丈人，也比他幸福些，因为他相信故事。他是个稀里糊涂的人。糊涂蛋对生活总是满意的。

奥罗兹库尔十分痛恨自己的生活。这样的生活不如他的意，这样的生活该是老好人莫蒙这样的人过的。莫蒙他还要什么呢？他活多久，就会弯腰弓背地干多久，天天干，没有休歇。这一辈子没有一个人听他管，可他要听所有人的管，甚至他的老婆子都能管着他，他对她都不敢回嘴。这样的倒霉鬼听听故事就够高兴的了。在森林里看到鹿，就快活得连眼泪都流出来啦，好像遇上了他跑遍世界找了一百年的亲兄弟似的。

唉，有什么好说的……

他们终于要踏上最后一段路了——从这里再走很长的一段陡坡就到河边了。他们停下来休息。

在河那边，在护林所的院子里，奥罗兹库尔的房门前有什么东西在冒烟。从冒烟的情况可以猜出，那是有人在烧茶炊。就是说，老婆已经在等他了。奥罗兹库尔想到这里，并不感到轻松。他张大了嘴喘气，还是感到气闷，胸口作痛，头嗡嗡直响，心扑腾扑腾直跳。他额头上的汗水直往眼睛里流。面前还有一段很长很陡的坡要走，在家里等他的是不会生孩子的老婆。哼，她烧茶炊，是想讨他喜欢呢……他忽然产生了一股冲动，想冲过去朝那只大肚子茶炊踢上一脚，让它见鬼去；然后朝老婆扑过去，打她一顿，往死里打，打她个头破血流。他仿佛听到老婆在号叫，在咒骂自己不幸的命运。他心里感到舒坦起来，心想:“让她去，让她去哭去叫好啦！我不快活，凭什么要让她快活？”

他的思路被莫蒙打断了。

“孩子，我忘了，”莫蒙猛然想起了外孙，连忙朝奥罗兹库尔走去，“我该到学校去接小孩了。已经放学了。”

“放学了又怎样呢？”奥罗兹库尔故意不动声色地说。

“孩子，你别生气。把木头放在这里，咱们先下山去。你回家去吃饭，我趁这个时候骑马到学校去，把小孩接回家，然后咱们再回来把木头拖过河。”

“老头子，你想了很久，才想出这个主意吧？”奥罗兹库尔刻薄地说。

“小孩要哭的呀。”

“哭又怎么样？”奥罗兹库尔火了。这一下子他有借口好好地教训一下老头子了。奥罗兹库尔一天都在想方设法地找他的碴儿，现在他倒自己送上门来了。“他哭，咱们就可以把事情丢下？早晨你糊弄人，说什么要送他去上学。送去就送去好啦，现在又要到学校去接？那我怎么办？咱们在这里是闹着玩的？”

“孩子，别这样，”莫蒙央告说，“今天是这样的日子嘛！我倒没什么，可是要小孩等，他会在这样的日子里哭的……”

“什么这样的日子？这日子有什么特别的？”

“今天鹿回来了。为什么要在这样的日子……”

奥罗兹库尔愣住了，他惊愕得连话都说不出来了。他已经忘记那几头鹿了。当他在扎人的灌木丛里滚着，当他吓得魂不附体的时候，仿佛有几头鹿的影子闪电般跃过。那时从斜坡上滚下来的木头随时都可能将他砸扁，他才没有心思去理会那几头鹿和老头子的废话哩。

“你把我当成什么啦？”他恶狠狠地冲着老头子的脸低声说，“可惜，你没有胡子，要不然我就扯你的胡子，叫你明白明白，别人都不比你蠢。你那几头鹿算个屁！我可不管你这一套。你还是少给我啰嗦。拖木头去！咱们不把木头拖过河，你什么也休想做。谁去上学，谁在那里哭，我才不管。够了，走吧……”

莫蒙像往常一样顺从。他明白，不把木头拖到地点，他是逃不出奥罗兹库尔的掌心的，于是又不声不响地拼命干了起来。他再不说一句话，即便他心里急得想叫出来。外孙正在学校外面等他呢。孩子们都各自回家了，只有他那孤苦伶仃的外孙一个人在望着大路，等外公去接他。

老人家想象着：一群孩子脚步杂沓地从学校里跑了出来，各自朝家里跑去。孩子们都饿了。他们走在路上，就闻到了为他们烧好的饭菜的香味，于是高高兴兴、活蹦乱跳地从自家的窗前跑过。妈妈已经在家里等着了。每个妈妈都在笑，笑得忘记了一切。妈妈自己开心也好，不开心也好，为自己的孩子摆出笑脸，总是有足够的力气的。即使妈妈喝叫得严厉些：“洗手！瞧你那副脏样子！”——她的眼睛还是照样在笑。

莫蒙的小外孙自从上学以来，手上总是沾满了墨水。

这倒是叫外公很喜欢：这就是说，孩子挺用功呢。这会儿，想必他的外孙正站在大路上，一双小手又是沾满了墨水，还拿着今年夏天买的那个心爱的书包。他大概等累了，已经在不安地瞅着、听着，看外公是不是骑马来到小山岗上了。外公总是按时到的嘛。每次孩子走出学校，外公就已经赶到了，已经在不远处等着他了。大家各自回家，外孙就朝外公跑去。“外公来啦。咱们快跑！”孩子对书包说。一跑到外公跟前，他就有些难为情地朝外公怀里扑去，抱住外公，将脸紧紧地贴在外公肚子上，嗅着那种熟悉的旧衣服和夏天干草独有的气味——这些天外公正在用马把河对岸的干草驮过河，因此身上老是有苦涩的干草和灰土气味。冬天一到，雪就会变深，这活儿就难弄了，所以最好秋天就把它们弄过来。

外公让孩子坐到自己身后的马背上。他们一同骑马回家，有时让马一路小跑，有时慢走；他们有时不讲话，有时随便讲一些琐事，不知不觉就要到家了。穿过一个山口，再一路往下，就到圣塔什河谷了。

孩子一心迷恋上学，这使外婆很恼火。他一醒来，就赶紧穿衣服，将书和练习本装进书包。他将书包放在自己身边过夜，这也使外婆很生气：“你干吗老是恋着这个讨厌的书包？就让它给你做老婆好啦，省得我们给你找老婆出彩礼钱……”

孩子不理睬外婆的话，再说，他也不大懂她说的是什么。他认为最要紧的就是上学不迟到。他跑到院子里，催外公快走。只有等学校已在眼前了，他才会定下心来。

有一次，他们还是迟到了。那是在上个星期。那天，天刚蒙蒙亮，莫蒙就骑了马到河对岸去。他想赶早去驮一趟干草。一切都还顺利，可是走在路上时，捆草的绳子松开了，干草撒了一地。莫蒙只得重新捆好，让马重新驮起。可是，刚到河边，仓促捆好的草捆又散开了。

外孙已经在河的另一边等着了。他站在一块凹凸不平的石

头上，摇着书包，在叫着，在喊着。老人家慌了，绳子也乱了套，纠结在一起，解都解不开。可是孩子还在一股劲儿地喊。老人家知道，孩子已经哭了。于是他把干草和绳子全都扔下，急忙骑上马，从浅滩上过河，朝外孙这边赶来。

过河也花了不少时间。因为水流不小，还很急，过河又不能打马快跑。秋天的河水还不怎样可怕，要是夏天，会把马冲翻——那就完了。等莫蒙终于过了河，来到外孙跟前，外孙已经哭得抽抽搭搭的了。他也不看外公，只是在哭着说："迟到了，上课迟到了……"老人家在马上弯下身，抱起孩子，让孩子贴着自己坐在马鞍上，打马就跑。要是学校就在附近的话，孩子就自己跑去了。可是现在却一路不住地哭着去，老人家怎么哄都不行。外公就这样领着哭哭啼啼的外孙进了学校。学校里已经开始上课了，莫蒙又亲自把他送进课堂。

莫蒙向女教师一再表示歉意，并且保证以后不再有这种事。但是，最使老人家震动的，还是外孙哭得那样伤心，他迟到了是那样难过。"但愿他一直这样，永远这么想上学。"外公想，"不过，这孩子究竟为什么哭得这样伤心呢？这样看来，他心里是有委屈的，有说不出的委屈……"

这会儿，老人家正跟着木头走。他一会儿跑到这边，一会儿跑到那边，有时拿木棒将木头推一推，有时挡一挡，免得木头卡住，让木头快一点儿下山。老人家一直在想着："外孙在那里怎样了啊？"

可是奥罗兹库尔不急，他正不慌不忙地走着。在这种地方走确实不能太着急，这条坡很长、很陡，在坡上要斜着走才行。但是，难道就不能依他老莫蒙的请求，将木头暂时放一下，过一会儿再来拖吗？他要是有力气的话，就把木头朝肩上一扛，跨过河去，将木头一下子摔到汽车要来的地方——喂，这是给你们的木头，装走好啦！这样他就可以跑去接外孙了。

可是，哪有这样的事啊！还是得拖着木头经过一堆一堆的石头和沙砾，将木头拖到河边，然后再让马拖着木头从浅滩上过河到对岸。马已经给折腾得够呛了，在山上已经拉了不少路，一会儿下坡，一会儿上坡……要是一切顺利倒也罢了，万一木头到了河中心卡在石头堆里，或者马失前蹄跌倒了，那可怎么办？

他们一下水，莫蒙外公就祷告起来：“长角鹿妈妈，多多保佑，别叫木头卡住，别叫马跌倒！”他脱下靴子搭在肩上，将裤腿挽到膝盖以上，手握木棒，紧紧跟着在水里游动的木头。他们逆着水，斜斜地拖着木头往前走。河里的水清澈透明，但也凉得透骨。秋天的水嘛。

老人家拼命忍着：随它去吧，反正两条腿也冻不断，只要能快点儿把木头拖过河就行。可是，就像故意捣蛋似的，木头还是卡在石头最多的地方，卡在石头缝里了。在这种情况下，应当先让马稍微休息一会儿，然后再狠狠地给马加上两鞭，马用猛劲儿一冲，就能把木头从石头缝里拉出来。但是骑在马上的奥罗兹库尔，仍然用鞭子拼命抽打已经劳累不堪、精疲力竭的马。马弓起后腿，在原地直蹬直跳，跌跌撞撞，可是木头一动也不动。老人家两腿冻僵了，眼前发黑，头也发晕。他觉得那陡崖，还有那崖上的森林、天上的云彩一齐倾倒下来，落到河里，顺着急流漂去，又倒转回来——莫蒙几乎要支持不住了。

该死的木头！木头如果是干的，是放了很久的，那就是另一回事了。干木头会自己浮在水上，只要扶住它就行。可这根木头刚刚锯下来，就马上要拖过河。谁能这么干呢？做事心不端，报应在眼前——果然就应验了。奥罗兹库尔不肯等松木干了再运，因为他怕万一检察机关发现了，要控告他砍伐森林里的贵重树木。所以，一锯下来就赶快弄走了事。

奥罗兹库尔拼命用皮靴后跟踢马，用鞭子抽马的头，不住地骂娘，骂老莫蒙，好像这一切全怪他——可是木头还是一动不动，在石头缝里越卡越结实。老人家再也忍不住了，他这一辈子头一回愤怒地高声喝叫起来。

“下马！”他毫不含糊地走到奥罗兹库尔跟前，去拉他下马，“你没有看到，马吃不消啦？快下来！”

惊愕的奥罗兹库尔一声不响地听从了。他穿着靴子直接从马上跳到水里。他好像一下子呆了，痴了，失去了知觉。

“来！使劲儿撬！一齐来！”

在莫蒙的指挥下，两个人一齐用木棒撬，打算把木头撬起，让木头从石头缝里脱出来。

马是多么机灵的牲畜啊！就在这时它朝前猛冲，在石头上拼命地蹬，拼命地踹，将套索拉得像弦一样直。但是木头只是微微动了一动，它滑了一下，又卡住了。

马又猛力一冲，之后便再也支持不住了，一下子倒在水里，四蹄在水里乱蹬乱踢，被套索缠住了。

“把马扶起来！快！”莫蒙催促着奥罗兹库尔。

他们好不容易把马扶了起来。马冻得浑身打战，在水里勉强站着。

“把套索卸下来！”

“你要干什么？”

“叫你卸，你就卸好啦。回头咱们再套。快把套索卸下来。”

奥罗兹库尔又一声不响地听从了。等马身上的套索卸下来，莫蒙拉起马缰。

“现在走吧，”他说，“回头咱们再来。让马休息休息。”

“给我站住！”奥罗兹库尔从老头子手里夺过马缰。他好像醒悟过来，一下子又恢复了本相。“你糊弄谁！你哪里也去不成。木头现在就得拖过去。晚上人家要来装的。把马套上，别给我啰嗦，听见没有？”

莫蒙一声不响地转过身，一瘸一拐地拖着两条冻僵了的腿，从浅滩上朝岸边走去。

“往哪里去，老东西？我问你，你往哪里去？”

“哪里去！哪里去！到学校里去！孩子打中午就在那里等着了。”

“给我回来！回来！”

老人家没有听他的。奥罗兹库尔将马撇在河当中，追了上来，在快到岸边的沙滩上追上了莫蒙，抓住他的肩膀，将他扳回头来。

他们就面对面地站住了。

奥罗兹库尔一把扯下搭在莫蒙肩上的旧油布靴，用靴子劈头盖脸地打起了自己的丈人。

“给我走！回去！”奥罗兹库尔声嘶力竭地喊，随手将靴子甩到一边。

老人家走过去，将甩在潮湿沙地上的靴子拾了起来，当他直起腰来的时候，嘴里流出了血。

“坏蛋！”莫蒙一面吐血，一面说。他又将靴子搭在肩上。

这是从来没有顶撞过任何人的老好人莫蒙说的，这是冻得浑身发青，肩上搭着旧靴，嘴里流着血的可怜老头子说的。

“给我走！”

奥罗兹库尔来拖他。可是莫蒙使劲挣了开来，他头也不回、一声不响地走了。

“好啊，老混蛋，等着瞧吧！看我收拾你！”奥罗兹库尔挥着拳头，在他后面叫着。

老人家还是没回头。他走上“睡骆驼”旁边的小道，坐下来穿好靴子，快步朝家里走去。到家后他再不耽搁，径直走进马棚，从马棚里牵出了奥罗兹库尔那别人一向碰不得的坐骑——大灰马阿拉巴什。平时，这匹马谁也不敢骑，而且也不用来拉车，免得搞坏了它奔跑时的姿势。莫蒙就像去救火一样，骑着无鞍无镫的马冲出院子。当他从窗前，从仍然在冒着烟的茶炊旁边经过时，跑出门来的女人们（莫蒙的老婆子、他的女儿别盖伊、年轻媳妇古莉查玛）马上就看出，老头子一定是出了什么事情。他还从来没有骑过阿拉巴什，从来没有这样不要命地骑了马从院子里跑出去。她们都还不知道，老好人莫蒙“造反”了。她们也还不知道，因为这次造反，他将付出什么样的代价……

奥罗兹库尔牵着卸了套的马从浅滩上走了回来。马的一条前腿一瘸一拐的。女人们一声不响地看着他朝院子里走来。她们还丝毫不知道奥罗兹库尔的心里在打什么主意，不知道他这一天会带给她们什么，带给她们什么样的灾难和恐怖……

他穿着噗唧噗唧直响的湿靴子和湿漉漉的裤子，迈着又重又沉的步子走到她们跟前，皱着眉头阴沉地望着她们。他的老婆别盖伊着急了：“奥罗兹库尔，你怎么啦？出了什么事？瞧你浑身都湿了。木头被水冲走了吗？”

“没有。”奥罗兹库尔摆了摆手。“牵走，”他将缰绳递给古莉查玛，“把马牵到马棚里。”他朝家门口走去。“到屋里来。”

他对老婆说。

外婆也想跟他们一起进去，但是奥罗兹库尔不让她进门。

“你走开，老婆子。这里没有你的事。你回家去，别往这里来。”

“你怎么啦？”外婆生气了，“这又是怎么一回事？我家老头子呢？他怎么啦？出了什么事？”

“你去问问他自己。”奥罗兹库尔回答说。

回到家里，别盖伊脱去丈夫的湿衣服，递给他一件皮袄，将茶炊拿了进来，便往碗里倒茶。

“不要茶，”奥罗兹库尔将手一摆，“拿酒来。”老婆拿出一瓶没有开过的酒，朝杯子里倒。

“斟满。”奥罗兹库尔吩咐道。

他将一杯酒一口气喝下，用皮袄将身子一裹，一面朝毡上躺，一面对老婆说：“你不是我老婆，我不是你男人了。走吧。今后你别进这个屋子。走吧，现在走还不晚。”别盖伊长叹一声，坐到床上，习以为常地噙着眼泪，小声说：“又来啦？”

“什么又来啦？”奥罗兹库尔大声吼道，“滚出去！”

别盖伊从屋里跑出去，一如往常地在胸前拧着自己的手，在院子里放声大哭：“我为什么生到世上来呀？我的命好苦啊……”

这时候，莫蒙老汉正骑着阿拉巴什去接外孙。阿拉巴什是一匹快马，但莫蒙还是迟到了两个多钟头。他在路上碰到了外孙。女教师正亲自送孩子回家。就是那个女教师，那个穿着一件五六年来都没换过的大衣，有一双饱经风霜的粗糙的手的女教师。这个疲惫不堪的女子脸色很不好。孩子早就哭了个够，眼睛都哭肿了。他手里提着书包，跟在女教师身边，满脸的委屈，一副可怜相。女教师结结实实地数落了莫蒙老汉一顿。莫蒙下了马，垂着头站在她面前。

“您要是不能按时来接孩子，”她说，“您就别送他来上学。您别指望我，我自己还有四个孩子呢。”

莫蒙又一次表示歉意，又一次保证今后不再有这种事。女教师回杰列赛去了，外公就带外孙往家走。

孩子和外公同骑一匹马，他坐在外公前面，一声不响。老人家也不知道对他说什么才好。

“你饿坏了吧？”外公问道。

“不饿，老师给了我面包吃。”外孙回答。

“为什么你不说话？”外公问。孩子听了这话，还是什么也没有说。

莫蒙歉疚地笑了笑，说：“你这孩子倒是真有气性。”他摘下孩子的帽子，吻了吻他的头顶，又把帽子戴到他头上。

孩子没有回头。

他们就这样骑马走着，两个人都闷闷不乐，一声不响。莫蒙紧紧地拉住缰绳，不让阿拉巴什快跑，生怕无鞍的马颠得孩子受不了。再说，现在好像也用不着多么着急了。

马很快就领会了人意，轻轻地踏着碎步。马不时地打着响鼻，马蹄嘚嘚地敲击着路面。这样的马最好是一个人骑着，唱着歌，轻轻地唱，自己唱自己听。一个人独自走路的时候，不是常常会唱点儿什么吗？唱一唱心头的遗憾、逝去的年华，唱一唱当年爱情中的悲欢……人总是喜欢怀念过去的岁月，因为过去的岁月里还保留着永远得不到的东西。而那究竟是什么，人们自己也不太清楚。但人独处的时候就喜欢想想这些，喜欢感慨一番。

这是一匹称心如意的好马，是一位极好的旅伴。

莫蒙老汉看着外孙剃得光光的后脑勺，看着他那细细的脖子和招风耳，心想自己这一生多灾多难，辛辛苦苦，忙忙碌碌，操了多少心，受了多少悲痛，如今只剩下眼前这个孩子，这个无依无靠的小东西。要是当外公的能把他抚养成人，倒也罢了。要是以后只剩下他一个人，那就难了。这孩子才像玉米穗那样嫩，就已经有了自己的性子。他还是呆一些，随和一些好……像奥罗兹库尔这样的人，会十分痛恨他，会拼命折腾他的，到那时候，这孩子就像落到狼爪子底下的小鹿了……

于是莫蒙想起了鹿，想起了今天像一闪而过的影子一样飞速跑过的鹿，那曾使他惊叫、欢呼的几头鹿。

“你知道吗，孩子？鹿到咱们这里来啦。”莫蒙外公说。

孩子马上扭过头来问："真的？"

"真的。我亲眼看到的。三头。"

"鹿是从哪里来的？"

"依我看，是从山那边来的。那边也有保护林。现在是秋天，山口还像夏天一样，是畅通无阻的。所以鹿就到咱们这里做客来了。"

"鹿会在咱们这里住下来吗？"

“要是喜欢的话，会住下来的。要是不去碰它们，它们会在这里住下去的。它们爱吃的东西，咱们这里有的是。哪怕养一千头鹿都行……古时候，长角鹿妈妈还在这里的时候，这里的鹿数也数不清……”

外公感觉到，孩子听到这个消息后高兴了起来，心里的委屈也渐渐消散了，于是老人家又讲起古时候的事，讲起长角鹿妈妈。他讲得自己都入了迷。于是他想：“让自己一下子幸福起来，还让别人也幸福起来，是多么简单的事啊！但愿能永远像这样生活。是的，就这样，就像现在这样，就像此时此刻这样。”但是现实生活往往不是这样的。幸福来的时候，不幸总是悄悄守候在旁边，时时准备闯进你的心灵，闯进你的生活，寸步不离地跟随着你，永远跟随着你，叫你甩也甩不脱。甚至就在此时此刻，在外公和外孙都觉得十分幸福的时候，老人家心中也是忧喜参半：“奥罗兹库尔那里怎么样了啊？他在打什么主意，打算怎样来整治人呢？他会想出什么点子来处罚他这个胆敢不听话的老头子呢？奥罗兹库尔是不会这样罢休的，否则他就不是奥罗兹库尔了。”

为了不去想即将降临到他和他女儿头上的灾难，莫蒙就给外孙讲鹿。讲鹿的心肠怎样好，鹿怎样美丽，跑起来怎样快。他讲得那样带劲儿，好像这样就可以把躲不掉的一场灾难躲掉了。

孩子的心情却非常好。他根本没想到家里会出什么事情。

他听得来了劲儿。怎么，当真是鹿回来了？这么说，这都是真的啦！外公说，长角鹿妈妈不再计较人们过去害它的事，已经允许它的孩子们回到伊塞克的山里来了。外公说，现在这三头鹿是来探探这里的情形的，要是它们满意的话，所有的鹿就又要回到家乡来了。

“外公，”孩子打断了莫蒙的话，“会不会是长角鹿妈妈亲自来啦？会不会是它要看看咱们这里怎么样，然后就把它的孩子们叫来，是吗？”

“也许是吧。”莫蒙含含糊糊地说。他顿住了。老人家觉得不好意思起来：他是不是讲得过分认真，孩子是不是对他的话过分相信了？但是，莫蒙外公也没有叫外孙不要相信，而且，现在要他不信，已经太晚了。

“谁知道呢，”老人家耸耸肩膀说，“也许是的，也许是长角鹿妈妈亲自来了吧。谁知道呢……”

“咱们去看看就知道了。外公，咱们就到你刚才看到鹿的地方去，”孩子说，“我也想看看。”

“可是，它们不会老在一个地方待着呀。”

“咱们可以跟着脚印去找。也许要跟着脚印走很久很久。只要看它们一眼，咱们就回来。这样，它们可能就知道，人是不会害它们的。”

“真是个小孩子，”外公笑了笑，“咱们先回家再说吧。”

他们已经顺着房子后面的小路来到护林所跟前。从房子的后面看一座房子，就像从背后看一个人一样。三座房子都“不动声色”，叫人看不出里面发生了什么事。院子里也是空荡荡的，一点儿声音也没有。莫蒙预感不妙，不由得一阵心慌。会出什么事呢？奥罗兹库尔又喝醉了，打了他那不幸的女儿别盖伊？会不会出别的什么事？为什么这样静？为什么院子里这会儿一个人都没有？“要是没出什么事，我就去把那根倒霉的木头从河里拖出来，”莫蒙心想，“这个奥罗兹库尔，真拿他没办法，最好不要招惹他。他要干什么，最好依着他，一切事都不能过分认真。没办法给驴子讲清楚它是驴子。”

莫蒙策马来到马棚前。

“下来吧，咱们到家了。”他竭力不表露自己的慌乱心情。他对外孙这样说，好像他们是远出归来一样。

孩子提着书包正要朝家里跑，外公喊住了他：“等一等，咱们一块儿走。”

他将马牵进马棚，拉起孩子的手，朝家里走去。

“你记着，”外公对外孙说，“要是有谁骂我，你别怕，不论是什么乱七八糟的话，你都别去听。你别管这些事。你的事是上学。”

可是，根本就没有人骂他。他们进门之后，外婆只是用责难的目光朝外公望了好一阵子，然后就抿紧嘴唇，又做起她的针线活儿。外公也什么都没有对她说。他阴沉着脸，提心吊胆地在房子当中站了一会儿，随后从灶上端过一大碗面条，拿来汤匙和面包，就跟外孙坐下来吃早已过了时的午饭。

他们一声不响地吃着，外婆这时一眼都不看他们了。她那皱皱巴巴的褐色脸庞上满是怒气。

孩子明白了：一定是出了什么很不好的事情。可是两位老人家还是一声不响。

孩子非常害怕，非常惊慌，连饭都咽不下去了。人吃饭时要是闷声不响，各自想着不快和疑虑的事情，那就再糟糕不过了。“也许，这怪咱们吧？”孩子在心里对书包说。书包这会儿在窗台上。孩子的心顺着地面朝前滚，爬上窗台，来到书包跟前，跟书包悄悄地说起话来。

“你也一点儿都不知道吧？外公为什么这样难过？他有什么错儿？为什么他今天来迟了？为什么他骑的是阿拉巴什，而且没有加鞍？过去可从来没有这种事。也许，他是在森林里看到了鹿，所以耽误了？……也许根本就没有什么鹿呢？也许这是编的呢？那又是怎么一回事儿？他为什么那样讲？他要是骗咱们，长角鹿妈妈会生气的呀……”

吃罢了饭，外公低声对孩子说：“你到院子里去。有件事，要你帮我一下。我马上就来。”

孩子很听话地走了出去。他刚随手将门带上，就听到外婆的声音：“你到哪里去？”

“我去把木头拖出来，刚才木头在河里卡住了。”莫蒙回答说。

"啊，你总算想起来啦！"外婆叫了起来，"亏你想到了！你去看看你那女儿吧！古莉查玛把她拉回家去了。这会儿谁还要你那个不会生孩子的笨货？你去，让她说说，她现在算什么吧。就像条癞皮狗一样，叫男人赶出门来了。"

"那又怎么办？赶出来就赶出来好啦。"莫蒙伤心地说。

"哎哟！你自己又是什么料呀？你的女儿都没出息。你就想：'好吧，那就栽培栽培外孙做个大官吧。'是这样吗？得了吧！真值得为这样一个孩子去闯刀山火海！竟敢骑上阿拉巴什就跑。真了不起！你最好还是记住自己的身份，别忘了你是在跟谁打交道……他会把你的脖子扭断，就像扭鸡脖子一样。你什么时候学会顶撞人的？打从什么时候成了好汉的？你那女儿嘛，你别想领回家来，我连门也不叫她进……"

孩子垂头丧气地在院子里转悠起来。屋子里外婆的叫声还没有停。后来门啪的一响，外公从屋子里跑了出来。老人家向古莉查玛家走去，但是古莉查玛在门口迎住了他。

"这会儿您别进去，最好等一会儿。"她对莫蒙说。莫蒙张皇失措地站住了脚步。"她在哭，他把她狠狠地打了一顿，"古莉查玛说，"她说，这一下子奥罗兹库尔再也不要她了。她在拼命地埋怨您。她说，一切全怪老头子。"

莫蒙一声不吭。有什么好说的呢？现在连亲生女儿都不想见他了。

"奥罗兹库尔还在家里喝着哩。凶得不得了。"古莉查玛小声说。

两个人都沉思起来。古莉查玛同情地叹了一口气。

“要是我家谢大赫玛特快点儿回来就好了。今天该回来啦。要是他在，至少能一块儿把木头拖出来，解决这件事。”

“难道问题在木头？”莫蒙摇了摇头。他沉思起来，看到外孙在身旁，就对他说：“你玩去吧。”

孩子走开了。他走进棚子，拿出藏在里面的望远镜，擦了擦上面的灰土。“咱们情况不好，”他忧愁地对望远镜说，“看起来，这得怪我和书包。要是在什么地方另外有个学校就好啦，我和书包就可以到那里上学去，让谁也不知道。只不过，这样外公就要急死了，他会到处找咱们的。你呢，望远镜，到时候你又跟谁一块儿看白轮船呢？你以为我不会变成鱼吗？你就等着瞧吧！我会游去找白轮船的……”

孩子躲在一堆干草后面，用望远镜朝四下张望。他望得不开心，望的时间也不长。要在别的时候，他会看不够的：那被秋日的森林覆盖着的秋日的群山，上面白雪皑皑，下面火红一片。

孩子将望远镜放回原地，走出棚子，看到外公牵着带了马轭和挽索的马从院子里走过。外公是朝浅滩去的。孩子想跑到外公跟前去，可是他听到奥罗兹库尔的吆喝声，就站住了。奥罗兹库尔穿着衬衣、披着皮袄从屋里跳了出来，他的脸变成了紫红色，就像奶牛红肿的乳房。

“喂，你干什么?”他厉声对莫蒙老汉喝道，“你把马牵到哪里去?算了吧，给我牵回原地。不许你动。没有你，也能拖木头。现在这里没有你的事了，我代表护林所把你解雇了。你想到哪里，就滚到哪里去吧。”

外公苦笑了一下，把马牵回马棚里。莫蒙一下子变得老态龙钟，又矮又小，走路不看路，连脚后跟都抬不起来。

孩子为外公抱屈，哽咽了起来。为了不叫人看到他哭，他顺着河岸跑去。眼前的路模模糊糊，一会儿不见了，一会儿又出现在脚下。孩子含着眼泪朝前跑，又见到了岸边的那些石头伙伴:“坦克”“狼”“马鞍”“睡骆驼”。孩子什么也没对它们说。因为它们什么也不懂，只知道呆站着，呆睡着。孩子抱住“睡骆驼”的驼峰，伏在赭色的花岗岩上，伤心地放声痛哭。他哭了很久，才渐渐止住了哭声，平静下来。

终于，他抬起头，擦干了眼泪。就在他朝前看时，他愣住了。在他的正前方，在对岸，紧靠水边的地方站着三头鹿。那是三头真正的鹿，活生生的鹿。它们刚才在喝水，看样子，已经喝饱了。其中角最大最重的一头，重新将头俯到水上，慢慢地吸水。它好像在观看倒映在浅水里的自己的角，就像照镜子一样。这头鹿是棕色的，胸部肌肉发达，十分强壮。当它抬起头来时，水珠儿从它那毛茸茸的、淡棕色的嘴唇上一滴一滴地朝水里落。它摆动着耳朵，留神地朝孩子这边望了望。

但孩子看得最多的，是另一头白色母鹿。这头鹿臀部丰腴，头上长着细而多枝的角，像皇冠一样。它的角稍微小些，但是十分好看。它那样子，活像长角鹿妈妈——眼睛大大的，十分明亮。它又像一匹年年产驹的精壮的母马。这头长角鹿妈妈仔细而安详地朝孩子望着，好像在回忆，回忆它是在哪里见过这个大脑袋、大耳朵的孩子。它的眼睛水汪汪的，远远看过去还闪着亮光。它的鼻孔里冒出淡淡的水汽。在它身边的，是一头没有长角的小鹿。小鹿扭过身去啃柳条儿，那样子十分自在，无忧无虑。小鹿肥墩墩的，又结实又好玩。它忽然又丢开柳条儿，活泼地蹦了起来，拿肩膀去撞母鹿。它围着母鹿蹦了一会儿，又撒起娇来，拿它那没有长角的头拼命去擦鹿妈妈的身体两侧。长角鹿妈妈却一直望着孩子。

孩子屏住呼吸，从石头后面走了出来，他像在梦里一样，将手向前伸着，一直走到河边。鹿一点儿也不害怕，它们在对岸安详地望着他。

那绿莹莹的湍急河水，汹涌翻腾着漫过河底壅塞的石头，从他和鹿中间流过。要不是这条横在当中的河，也许他能走到鹿跟前去摸一摸它。鹿站在平坦而洁净的沙滩上。在鹿的后面，沙滩边上，秋天河滩林浓密的枝丛火红火红的，像一道红墙。往上，是陡立的黏土岸。陡岸上去，是一片片火红色的桦树和山杨。再往上，就是大森林和山顶的白雪了。

孩子闭上眼睛又睁开，发现眼前依然是原来那幅图画：洁净的沙滩上，火红的河滩林前，依然站着那几头神奇的鹿。

但是随后，三头鹿就转过身去，一个跟一个地穿过沙滩，朝森林里走去了。走在前面的是大公鹿，当中是小鹿，小鹿后面是长角鹿妈妈。鹿妈妈回过头来，又一次望了望孩子。

三头鹿走进河滩林，从灌木丛中间穿过。红色的树枝在鹿的头顶上摇晃着，红色的叶子纷纷落到它们那又平又软和的背上。

然后它们顺着小路往上去，爬上陡峭的河岸，到了岸上又停了下来。于是孩子又觉得，鹿又在看他了。大公鹿伸长脖子，将长角仰靠在背上，像吹大喇叭一样叫了起来："巴——噢！巴——噢！"它的叫声引起长长的回声，在陡岸和河的上空回荡着："啊——噢！啊——噢！"

这时孩子才清醒过来。他撒开两腿顺着熟悉的小路朝家里跑去，一口气跑到家，箭一般地穿过院子，砰的一声将门推开，气喘吁吁地在门口喊道："外公！鹿来啦！鹿呀！鹿就在这里！"

莫蒙外公在角落里望了他一眼。外公在那里安静又垂头丧气地坐着，什么也没有说，好像没有听明白他说的是什么。

"你别嚷啦！"外婆小声说，"来了就来了好啦，现在顾不上这些。"

孩子轻轻地走了出去。院子里空荡荡的。秋日的太阳眼看就要落到卡拉乌尔山和旁边一排昏暗的秃山后面。红红的夕阳向寒冷的群山上空射来浓浓的、没有暖意的余晖。这冷冷的余晖又在空中散出晃动不定的光，照耀着秋日群山的山顶。森林被昏沉的暮霭笼罩着。

天冷了，雪山上吹来寒风。孩子打起哆嗦，他浑身发冷。

第六章　暴风雪

即使孩子躺到被窝里，还是浑身发冷。他过了很久都没有睡着。外面已经漆黑漆黑的了。他的头阵阵作痛，但是他一声不响。谁也不知道他病了，都把他忘了。真的，怎么能不把他忘了呢！

外公感到心慌意乱，坐立不安。他一会儿出去，一会儿进来，一会儿愁眉苦脸地坐下，沉重地叹几口气，一会儿又站起来，不知走到哪里去。外婆一面恶言恶语地埋怨老头子，一面也在前前后后地走个不停。她一会儿走到院子里，一会儿又回到屋里。院子里传来断断续续的咕哝声，也有不知是谁的急促脚步声，还有咒骂声——大概是奥罗兹库尔又在骂人了，还有人抽抽搭搭地哭着……

孩子静静地躺着，听着这些说话声、脚步声，听着屋里和院子里的这些动静。他越来越感到困倦了。

他闭上眼睛，为了冲淡自己的孤独感和冷清感，便又去想今天发生的事和他希望看到的事。他站在大河边，河水流得非常快，快得叫人不能久望，望久了头就发晕。鹿在对岸望着他。昨天傍晚他看到的那三头鹿，现在又都站在那里了。一切重新出现了。大公鹿喝罢水抬起头来，水珠儿还是从它那湿漉漉的嘴上一滴一滴地朝水里落。长角鹿妈妈还是用和善的、体谅的目光专注地望着孩子。它的眼睛大大的、黑黑的、水汪汪的。让孩子感到十分惊奇的是，长角鹿妈妈能够像人一样叹气，叹得伤心又凄怆，就像外公那样。然后，这三头鹿穿过河滩林的灌木丛朝外走。红红的树枝在它们头顶上摇晃，红红的叶子纷纷落到它们那又平又软和的背上。它们爬上陡峭的河岸，在岸上停了下来。大公鹿伸长脖子，将长角仰靠在背上，像吹大喇叭一样叫了起来："巴——噢！巴——噢！"孩子想到大公鹿的叫声变成长长的回声在河上回荡的情形，便暗自笑了起来。随后，鹿就钻到森林里去了。但是孩子不希望跟它们分离，于是他又开始想象他希望看到的情景。

还是湍急的大河在他面前飞速地流过，水流快得叫人头脑发晕。他跳起来，飞过河去。他又轻又平稳地落到离鹿不远的地方，鹿还在沙滩上站着呢。长角鹿妈妈将他叫到跟前，问："你是谁家的？"

孩子没有吱声。他不好意思说他是谁家的。

"长角鹿妈妈，我和外公都很喜欢你。我们老早就盼你来啦。"他说。

"我也知道你，也知道你外公。你外公是个好人。"长角鹿妈妈说。

孩子高兴起来，但不知道要怎样谢谢它。

“你要不要我变成一条鱼，顺着河游到伊塞克湖找白轮船去？”他忽然说。

他是能这样做的。但是长角鹿妈妈没有回答。于是孩子开始脱衣服，并且就像以往在夏天那样，蜷缩着身子，抓着岸边的柳条钻进水里。但是河水不是冰凉的了，是热的、滚烫的，叫人透不过气来。他睁着眼睛在水里游了起来，于是无数金色的沙粒，无数水底的小石子在周围嗡嗡地旋转起来。他感到气闷。可是滚热的流水还是一股劲儿地冲着他往前跑。

“救救我，长角鹿妈妈，救救我吧，我也是你的孩子啊。长角鹿妈妈！”他高声喊着。

长角鹿妈妈顺着河边追着他跑。它跑得很快，风在它的角上嗖嗖直响。他马上觉得轻快一些了。

他浑身是汗。他记得，在这种情况下外公总是要给他盖暖和些的，于是他将被子裹紧些。屋里一个人也没有。灯芯已经快烧尽了，所以灯光十分昏暗。孩子想起来喝水，但是院子里又传来震耳的人声：有人在骂人，有人在哭，有人在安慰什么人，还有打闹声和杂乱的脚步声……过了一阵子，有两个人“哎哟噢哟”地叹着气从窗前过去，看起来像是一个人拖着另一个人。门砰的一声开了，发了疯似的外婆呼哧呼哧地喘着气，一把将外公推进屋里。孩子还从来没有看到外公被吓成这个样子。看样子，他已经没有了主意——老人家的眼睛慌乱地四处张望着。外婆当胸推了他一把，让他坐了下来。

“坐下，坐下，老混蛋，没有人请你去管，你就别去管。他们这种事，是头一回还是怎的？你要是想求得平安无事，你就坐着，别去找事。我叫你怎样，你就怎样。听见没有？要不然，他会撵咱们走的。你该明白，那就是要咱们的命。咱们这么大年纪又能到哪里去？有什么地方好去？”说到这里，外婆砰的一声将门带上，又急急忙忙跑走了。

屋里又静了下来，只听到外公一阵一阵的呼哧呼哧的喘气声。他那两条打着哆嗦的手臂紧紧地抱住头，坐在灶旁的踏板上。老人家忽然跪了下来，举起双手，不知是向谁哀告起来：“把我的命拿去吧，把我的命拿去吧，我反正是个苦命人！可是你要给她一个孩子！我实在不忍心看她这样啊！哪怕只给她一个孩子也好，可怜可怜我们吧……”

老人家哭着，颤颤巍巍地站了起来，扶着墙，摸索到了房门。他走出去，将门带上，在门外捂住嘴，继续闷声闷气地痛哭起来。

孩子难受起来，他又浑身发抖，一阵冷，一阵热。他想起身去看看外公，可是手和脚都不听使唤，头也疼得厉害。老人家在门口哭，喝醉了的奥罗兹库尔又在院子里发作起来，别盖伊姨妈在没命地号叫，古莉查玛和外婆就在央求、劝解。

孩子离开他们，进入了自己想象的世界。

他又来到水流很急的河边，对岸沙滩上还是站着那几头鹿。于是孩子祷告说："长角鹿妈妈，你用角带一只摇篮送给别盖伊姨妈吧！我求求你，送给他们一只摇篮吧！让他们生一个孩子吧！"他踏着水朝长角鹿妈妈跑去。他没有从水上沉下去，但是也跑不到对岸，像是在原地跑步似的。他还是一个劲儿地祈求，向长角鹿妈妈哀告："用角带一只摇篮给他们吧！行行好吧，让我家外公别哭。行行好吧，让奥罗兹库尔不要打别盖伊姨妈。行行好，让他们有一个孩子吧，我会喜欢所有的人的，我也会喜欢奥罗兹库尔姨父，只要你给他一个孩子就行。你用角带给他们一只摇篮吧！……"

孩子仿佛听见远处响起了铃声，而且铃声越来越响。那是鹿妈妈从山里跑来了，鹿妈妈用角挂住摇篮的摇把，送来一只小孩摇篮——一只带铃铛的，用白桦木做的别色克。摇篮上的银铃叮当响着，长角鹿妈妈飞快地跑着，铃声越来越近……

可是，这是什么？铃声中闯进了尚在远处的马达声。一辆汽车开来了，响声越来越大，越来越清晰。铃声低了下去，断断续续地叮当响了几下，很快就完全淹没在马达声中。孩子听到汽车轰隆哐啷地响着，朝院子开了过来。狗汪汪叫着朝屋后奔去。车灯的光在窗子上晃动了一会儿，接着就熄灭了。马达也不响了。驾驶室的门发出砰的一声响，接着就有人讲话了。从声音可以听出，来的是三个人。他们从孩子床边的窗子前走过。

"谢大赫玛特回来啦，"古莉查玛喜出望外的声音响起，接下来还可以听到她怎样忙不迭地迎接丈夫，“可把我们等坏了！”

“您好。”两个外来人对她说。

“你们在家怎么样？”谢大赫玛特问。

“还好，过得去。为什么这样晚才回来？”

“就这样，还算是运气好哩。我到了农场，等顺路汽车等了很久。连到杰列赛的车子也没有。谁知，恰好碰到他们要到咱们这里来拉木料，”谢大赫玛特说，“黑夜里走山路，不用说有多么难了。”

“奥罗兹库尔在哪里？在家吗？”一个外来人问。

“在家，”古莉查玛犹犹豫豫地回答说，“他身子有点儿不舒服。不过，请不必担心。你们就在我们这里歇好啦，地方有的是。咱们走吧。”

于是他们就朝前走，但是走了几步又停下来。

“您好，老大爷。您好，老大娘。”外来人跟莫蒙外公和外婆打招呼。

听起来，外公和外婆因为没能及时迎接客人而感到羞愧，他们连忙按照迎接客人的常礼，在院子里招呼他们。也许，奥罗兹库尔也会因此感到羞愧吧？但愿他不要给自己、给咱们家丢脸。

孩子多少平静一些了。总的来说，他感觉身上轻快一些了，头疼得也不那样厉害了。他甚至在想，要不要起来看看汽车：汽车是什么样子的，是四轮的呢，还是六轮的？是新的呢，还是旧的？它的拖车又是什么样子的？今年春天，他们护林所还来过一辆军用卡车——高轮子，大车头，车头像一个鼻子被砍掉了半截似的。年轻的驾驶兵还让孩子在驾驶室里坐了一阵子。真好玩儿！坐车来的那个戴金肩章的军人，还跟奥罗兹库尔一起去了森林。他们去干什么呢？这种事可从来没有过。

“你们是来抓间谍的，是吗？”孩子问驾驶兵。驾驶兵笑了笑，说：“是的，来抓间谍的。”

“我们这里还没来过一个间谍呢。”孩子泄气地说。驾驶兵大笑起来：“你干吗那么希望间谍来？”

“他来了，我就可以去追他，逮他。”

“嘿，你真不简单哩！你还小呀，等长大了再逮吧。”在戴金肩章的军人跟奥罗兹库尔一起去森林里转的时候，孩子跟驾驶兵谈得才带劲儿呢。

“我喜欢所有的汽车和所有的司机。”孩子说。

“这是为什么？”驾驶兵问。

“汽车都很好，又有劲儿，跑得又快，发出的汽油味很好闻。司机都很年轻，都是长角鹿妈妈的孩子。”

“什么？什么？”驾驶兵不懂了，“什么长角鹿妈妈？”

“你难道不知道吗？”

“不知道。我从来没有听说过这种奇事儿。”

“那你是什么人？”

“我是哈萨克人，卡拉干达市人。矿工学校毕业的。”

“不是问这个。你是谁的孩子？”

“是我爸爸、妈妈的。”

“你爸爸、妈妈又是谁的孩子？”

“也是他们的爸爸、妈妈的。”

“他们的爸爸、妈妈呢？”

“你听我说，这样问下去，就没有个完啦。”

“我可是长角鹿妈妈的孩子们的孩子。”

“这是谁告诉你的？”

“外公。”

“不一定是那么回事吧。”驾驶兵疑惑地摇了摇头。

这个大脑袋、大耳朵的小男孩，这个自称是长角鹿妈妈的孩子们的孩子，让驾驶兵非常感兴趣。不过，当他发现自己不仅不知道自己的家族渊源，而且连起码的七代世系都不知道的时候，他确实有点儿难为情。他只知道自己的父亲、祖父、曾祖父，再往上就不知道了。

“难道没人教你记住七代祖宗的名字吗？”孩子问。

“没有教。教这些事干什么？我不知道这些，但也没有关系，照样过日子。”

“外公说，人要是不记住自己的祖宗，就要变坏。”

“谁变坏？所有人吗？”

“是的。”

“为什么呢？”

“外公说，那样的话，人做了坏事就不怕丑了，反正孩子们和孩子们的孩子们都不会记得他嘛。也没有人做好事了，反正孩子们都不会知道。”

“你外公真有意思！”驾驶兵惊异地说，“真是个有趣的外公。他净把乱七八糟的玩意儿往你脑袋瓜里塞。你的脑袋瓜本来就不小啦……你的耳朵也不小，就像我们靶场上的定位器。你别听外公的。咱们已经在走向共产主义，已经在往太空飞了，可是外公还在教你一些啥玩意儿？最好叫他到我们那里上上政治课，我们一下子就能把他改造过来。等你长大了，学到本领，就离开外公好啦。他是个愚昧无知的人。”

“才不呢，我什么时候都不离开外公，”孩子反驳说，“他是个好人。”

“嗯，目前是这样。以后你会明白的。”

这会儿，孩子听到说话声，想起了那辆军用卡车，想起他当时竟没有对驾驶兵说清楚，为什么本地的司机，至少是他认识的那些司机，都算得上是长角鹿妈妈的孩子。

孩子对他说的是真话。他的话没有一点儿是编造的。去年，恰好也是秋天的这个时候，或者稍微晚一点儿，农场派了许多汽车到山里来运干草。汽车没有从护林所旁边经过，不到护林所就转了弯，顺着去阿尔查谷地的一条路一直向上去了。

夏天人们在那里割好了草，准备到秋天运往农场。孩子听到卡拉乌尔山上不曾有过的巨大的马达轰鸣声，便跑到三岔路口看起来。一下子来了那么多汽车！一辆接着一辆，排成一条长龙。他数了数，共有十五辆。

天气正在变化，一两天内可能就会下雪，等雪下下来，那就“对不起，干草，明年再见吧”！在这些地方，如果不能及时将干草运出去，以后就别想运了。因为下雪后，汽车就进不了山了。想必那年农场因为事情多，一直拖着没有运，等到时间紧迫了，才决定出动所有的车辆将割好的草一下子运出去。但是，已经晚了……

不过，孩子并不知道这些事，而且，说实在的，这些事跟他又有什么相干？他慌慌忙忙、高高兴兴、一视同仁地跑上去迎接每一辆汽车，跟汽车赛赛跑——跑一阵子，然后又去迎接下一辆。汽车都是崭新的，驾驶室都非常漂亮，有大大的玻璃窗。驾驶室里坐的都是年轻的司机，个个都是没有胡子的。有些驾驶室里除了司机，还坐着两个小伙子，他们是来装干草、捆干草的。孩子觉得他们都很英俊、很威武、很快乐，都像电影里的小伙子。

总的来说，孩子没有看错。确实是这样的。小伙子们的汽车都是好车，汽车过了卡拉乌尔山的斜坡，就会顺着坚硬的石子路飞驰起来。小伙子们的心情都是极好的：天气不坏，而且，还有不知哪里来的大耳朵、大脑袋的小顽皮高兴得发了疯，跑来迎接每一辆汽车。他们怎能不笑，怎能不朝他招手，怎能不装样子吓唬他、逗他，好让他更高兴、更顽皮些呢？

车队最后面的一辆汽车甚至停了下来。一个年轻小伙子从驾驶室里探出身来。他穿着水兵制服，但没有肩章，也没戴军帽，只戴了便帽。他是司机。

“你好！你在这里干什么，嗯？”他亲切地朝孩子眨了眨眼睛。

“玩玩，不干什么。”孩子有点儿腼腆地回答。

“你是莫蒙爷爷的外孙吧？”

“是的。”

“我就知道是的。我也是布古人嘛。而且现在来的所有的小伙子都是布古人。我们是来运草的……现在的布古人都互不认识，各奔东西了……替我向你外公问好。你就说，看到乔特巴依的儿子库鲁别克了。就说，库鲁别克从部队里回来了，现在在农场里当司机呢。好啦，再见了！”临别，他又送给孩子一枚军队的徽章。那徽章很好玩，就像一枚勋章。

汽车像豹子一样吼了一声，便飞驰而去，追赶自己的车队去了。忽然，孩子非常想跟着这个穿军服的既亲切又威武的小伙子，跟这个布古族同胞一同前去。但是路上已经空荡荡的，他只好回家了。不过他还是十分得意地回到家里，对外公讲了他遇见司机的事，还将徽章别在胸前。

那一天傍晚，圣塔什的风忽然从抵着天的山脊那边刮来。

飓风来了。树叶一团一团地直冲到森林上空，一面向天空越飞越高，一面呼啦啦地在群山上空散了开去。转眼间，风就刮得天昏地暗，连眼睛都睁不开了。接着就落起了雪。白茫茫的一片向大地压了下来，森林摇动，山河咆哮。大雪又密又猛。

好不容易把牲畜赶进栏里，好不容易将院子里一些东西收拾起来，好不容易尽可能多抱一些干柴进屋，然后就谁也出不了屋了。暴风雪来得这么早，这样凶猛，是没法出门的。

“这是怎么回事呀？”莫蒙外公一面生炉子，一面困惑不解、惶惶不安地说。他还一直在听呼啸的风声，不时地走到窗前看看。

窗外，团团旋转的茫茫飞雪，很快就变成模糊的一片。

“你快坐下来吧！”外婆唠叨说，“这种事是头一回，还是怎的？‘这是怎么回事呀？’……”外婆学着他的腔调说，“冬天来了——就是这么回事。”

“就这样快，说来就来？”

“为什么就不可以呢？还要问过你才能来吗？冬天它要来，所以就来了。”

烟囱呜呜叫着。孩子起初有些害怕，再加上他帮外公做事时也冻坏了，但屋里很快就生起了火，暖和了，弥漫着松烟和热烘烘的松脂气味。孩子定下心来，身上也暖和了。

接着就是晚饭时间，然后就躺下睡觉。外面大雪飞舞，狂风呼啸。

“大概，森林里才可怕哩。”孩子听着窗外的风雪声，心里想道。忽然，外面传来隐隐约约的人声，夹杂着叫喊声，他觉得不对头。还有人在唤人，有人在答应。起初，孩子以为是自己听错了。谁会在这种时候到护林所来呢？但是外公和外婆全都当真起来。

“有人。”外婆说。

“是的。”老人家犹疑地应声说。

然后他就不安起来：这种时候，是从哪里来的人呢？他连忙穿衣服。外婆也忙活起来。她起床点起了灯。孩子有些害怕，也很快穿好了衣服。就在这时候，一些人来到屋外了。很多人的说话声，很多人的脚步声。来的人们咯吱咯吱地踩着已经下得很厚的雪，噔噔地走上台阶，砰砰地敲起门来：“老大爷，快开门！我们冻坏啦！”

“你们是谁？”

“自己人。”

莫蒙开了门。随着阵阵冷气和风雪闯进门的，正是白天开车去阿尔查谷地运草的那些年轻司机。他们浑身都是雪。孩子一下子就认出了他们，也认出了那个穿水兵制服、送徽章给他的库鲁别克。他们架着一个人的胳膊走了进来，那人呻吟着，拖着一条腿。屋子里马上就乱腾起来。

“老天爷啊！你们怎么啦？”莫蒙外公和外婆一齐叫了起来。

“等会儿再讲！后面还有我们的七个人呢。不要迷了路才好。来，坐在这里吧。他的脚扭伤啦。”库鲁别克一面扶呻吟着的小伙子坐到灶旁的踏板上，一面急急忙忙地说。

“你们那几个人究竟在哪里？”莫蒙外公着起急来，“我马上去把他们领回来。”他对孩子说：“你快去告诉谢大赫玛特，叫他赶快来，带上手电筒。”

孩子一跑出屋子，就呛得喘不上气来。他这一辈子都不会忘记这严峻的一刻。就像是有一个毛烘烘、冷冰冰、嗷嗷叫的巨人掐住了他的喉咙，并且拼命摇他，要叫他打哆嗦。但是他没有打哆嗦，他挣脱了掐得很紧的利爪，用手护住头，朝谢大赫玛特家跑去。这段路总共不过二三十步，可是他觉得自己跑了很远，觉得这是赴汤蹈火，就像一员勇将要去拯救自己的战士似的。他满怀勇气和决心。他觉得自己力大无穷、无人能敌。他跑过这段去谢大赫玛特家的路，就好像干了许许多多惊天动地的大事。他好像跳过了深谷，从这座山跳到那座山；他又像是挥动着宝剑，打倒了成千上万的敌人，还救出落在火里的人和淹在水里的人；他又像是驾着红旗飘舞的喷气战斗机追赶一个毛烘烘的黑色巨怪——那巨怪在山谷里、悬崖峭壁间逃窜，而他开着喷气战斗机闪电般地向怪物冲去，还用机枪向怪物扫射，高喊：“消灭法西斯！”他干这些事的时候，长角鹿妈妈都在场。长角鹿妈妈十分赞赏他。当孩子跑到谢大赫玛特家的门口时，长角鹿妈妈对他说：“现在你去救救那些年轻司机，救救我的那些孩子吧！”

“我一定去救他们，长角鹿妈妈，我向你发誓！”孩子说着，就砰砰地敲起门来。

“快点儿，谢大赫玛特叔叔，快救咱们的人去！”他慌慌张张地一口气说出这些话，吓得谢大赫玛特和古莉查玛都跳了起来。

“救谁去？出了什么事？”

“外公要你赶快带着手电筒去，农场的司机迷路了。”

“糊涂蛋！”谢大赫玛特骂他，“这样说不就行了吗！”说完就忙着准备出门。

孩子虽然挨了骂，但一点儿也没有生气。谢大赫玛特哪里知道，他为了来他们家，立下了何等的功劳，他又发下了什么样的誓愿。孩子看到外公和谢大赫玛特一出护林所就遇上七个司机，并把他们带回家时，也没有觉得怎样泄气。本来事情的发展就不可预估嘛！危险已经过去的时候，当然觉得危险并不怎样啦……总而言之，这几个人都被找到了。谢大赫玛特把他们领回家去安置了。奥罗兹库尔也被叫醒了，他也接了五个人去过夜。其余的就全挤在莫蒙外公的屋里睡了。

山里的暴风雪依然没有小下来。孩子跑到台阶上，过了一会儿，就分不清哪儿是左，哪儿是右，哪儿是上，哪儿是下了。夜幕之下，大雪在飞舞，在发狂。雪已经齐膝深了。

只是这会儿，所有的农场司机都已找到。等他们都暖和过来，不冷了，也不怕了，外公才小心翼翼地问起他们发生了什么事，虽然不问也清楚：他们在路上遇到了暴风雪。小伙子们讲着，外公和外婆不时地叹气。

“哎呀呀！”两个老人家听了，不住地表示惊愕，并且将手贴在胸前，表示感谢真主。

“你们这些年轻人呀，穿得这么单薄！”外婆一面给他们倒热茶，一面责备说，“穿这么点儿衣服能进山吗？你们真是小孩子……光图漂亮，光想学城里人的样儿。万一迷了路，万一出不来，天哪，到明天早晨就冻成冰棍儿了。”

“谁会想到出这种事儿呢？”库鲁别克说，“我们穿那么暖和干什么？要是觉得冷，我们可以在车子里开暖气，就像坐在家里一样，转转方向盘就是了。就像在飞机里——飞机飞得那么高，这些山从上面看下来不过是些小土堆罢咧，机舱外面是零下四十度，但里面的人还穿衬衣哩……”孩子躺在羊皮上，夹在司机们中间。他挨在库鲁别克身边，竖起耳朵听着大人们说话。谁也不会想到：突然出现这样的暴风雪，他甚至觉得高兴哩。因为正是暴风雪使这些人到他们护林所来过夜。他心中暗暗希望这大雪能下许多天，至少要三天不停，好让他们住着不走。跟他们在一起好极了！真有意思，原来外公都知道他们。不是认识他们本人，就是认识他们的爸爸、妈妈。

“这一下子，”外公甚至带点儿骄傲的语气对外孙说，“你看到咱们布古族的弟兄啦。现在你就知道，他们都是什么样儿的了。多么棒啊！瞧，今天咱们的男子汉个头儿有多么高！好好地长吧！我还记得，在一九四二年冬天，我们被调到马格尼托城去搞建筑……”

于是外公又讲起孩子早已熟悉的那段往事。他说，当时把全国各地来的工程兵按个头儿高矮排成长长的一队，结果吉尔吉斯人几乎全都站到了队尾——都是矮个子。点过了名，解散休息时，有一个十分魁梧的红头发大汉朝他们走来，大声喊道：“你们这些矮个子是从哪里来的？”

他们中间有一个老教师，这个老教师回答说：“我们是吉尔吉斯人。我们在这一带打仗的时候，马格尼托城连影子都没有呢。那时候我们的个头儿跟你一样。等打完了仗，我们再长也不迟……”

外公又讲起了这段往事。他十分得意，又一次笑嘻嘻地看了看来过夜的客人们。

“那位教师说对了。现在我到城里去，或者走在路上看，咱们的人都又漂亮又高大，不像过去那样了……”

小伙子们会心地笑了：老头子真喜欢逗趣。

“咱们个头儿倒是不小，”一个小伙子说，“可还是让一部车子歪到沟里了。不论咱们有多少人，还是无能为力……”

“那当然不行啦！车子装满了草，又在大风大雪的时候，”莫蒙外公替他们辩护，“这种事可不少。但愿明天天气能好转。要紧的是，风要停下来。”

小伙子们对外公讲了他们去阿尔查山地草场的情形。那里堆着三大堆草山。他们将三堆草同时往车上装，每辆车都装得高高的，比房子还高。等装好了，人都得顺着绳子下来。就这样装了一辆又一辆，装到驾驶室都看不见了，只露着挡风玻璃、车头和车轮。既然来了，就想一次全部装走，免得再来第二趟。他们知道，要是有草剩下，那就要等明年才能装了。他们装得很麻利。谁的车装好了，就把车开到一旁，再去帮着装别的车子。他们几乎把所有的干草都装上了车，剩下的干草至多还能装两车。大家歇了一下，抽了支烟，商量好谁在前谁在后，就一起成一路纵队出发。车子开得很小心，几乎是摸索着下山。干草并不是重物，但是车子走起来很不灵便，甚至很危险，特别是在路窄的地方和急转弯的地方。

他们开车前进，却想不到会有什么等在他们前面。

他们的车子从阿尔查高地下来，就进了一条长长的峡谷。来到峡谷出口的时候，已经快到黄昏了。而暴风在这里迎接了他们，大雪凶猛地扑来。

“来势那么凶猛，吓得我们满背冷汗，”库鲁别克说，“霎时间天昏地暗，风刮得连方向盘都抓不住，真怕风把汽车吹翻。再说，路又是那样的路，连在白天走都很危险……”

孩子屏气息声、一动不动地听着，两只亮闪闪的眼睛直盯着库鲁别克。他正讲着的风和雪还在窗外疯狂呼啸，风还是那样狂，雪还是那样猛。很多司机和装车的小伙子连衣服和靴子都没有脱，就横七竖八地躺在地上睡着了。他们所经历过的一切，现在正由这个大脑袋、大耳朵、细脖子的孩子重新经历着。

暴风雪来临后，过了几分钟，路就看不见了。汽车就像被人牵着走的瞎子一样，一辆跟着一辆往前走，司机还不停地按着喇叭，免得车子开离队伍，岔到一边去。雪下得很密，前面就像有一堵墙，车灯的光一点儿也透不过去，雨刮器根本来不及清扫玻璃上的落雪，司机只好将头探到驾驶室外开车。这样开车简直是活受罪，雪还在不停地下着……轮子开始打滑了，车队在一处很陡的上坡前停住了。马达拼命地吼叫，但车子一步也挪不动……大家跳出驾驶室，互相召唤着从一辆车子跑到另一辆车子，一齐集合在车队的前头。怎么办？生火堆是不可能的。如果在驾驶室里待着，那就会把剩下的汽油烧完。现有的汽油已经不多，用来开回农场就已经够勉强的了。可要是坐在驾驶室里不开暖气，简直能被冻死。小伙子们慌了神。万能的技术装备不管用了，怎么办哪？有人提议把车上的草卸下来，大家一齐钻到草里去。可事情是明摆着的：只要将车上的绳子一解，你连眼睛都来不及眨一下，大风就会把干草吹跑，连一捆草都剩不下。这时车旁的雪越积越厚，车轮旁边已经积起雪堆。小伙子们完全慌了手脚，狂风吹得他们浑身冰冷。

“老大爷，我当时忽然想了起来，”库鲁别克忽然对莫蒙

外公说道，“我们去阿尔查的时候，路上见到过一个布古族小兄弟，就是他，”他指了指孩子，又亲切地摸了摸他的头。“他在路边跑，我停下车子。是的，我们打过招呼的。还谈了一阵子，是吗？你为什么还不睡？”

孩子笑着点了点头。可是有谁能知道，因为高兴和骄傲，他的心跳得多么厉害、多么响啊！是库鲁别克在说他哩。库鲁别克可是这些小伙子当中最强壮、最勇敢和最漂亮的一个。但愿他也能成为这样的小伙子！

外公也一面往火里添柴，一面夸奖他：“我家这孩子就是这样，喜欢听人说话。看，耳朵伸得多长！”

“我那时候怎么会想起他，我自己也不知道！”库鲁别克继续说下去，“我就对大家说——差不多是对大家喊的，因为风声压倒了人声。我说：‘咱们快到护林所去。要不然咱们会死在这里的。’小伙子们冲着我的脸喊：‘怎么去？步行是走不去的，也不能把汽车丢下。’我对他们说：‘咱们来把汽车推上山，往后就是一路下坡了。咱们只要到了圣塔什谷地，就可以步行到看林子的人那里去，那就不远了。’大家都明白了，就说：‘来吧，你来指挥吧。’既然这样，那我就来指挥……先从打头的汽车开始：‘奥斯莫纳雷，开车！’我们所有的人都拿肩膀去顶汽车。好，动了！开头好像挺顺利。后来就没有劲儿了。可是又不能后退。我们都觉得，推的好像不是一辆汽车，而是一座大山。车子装得实在不少，简直是一座装了轮子的大草垛！我只知道拼命地喊：‘加油！加油！加油！’但是自己都听不到自己的声音。又是风，又是雪，什么都看不见。汽车像个活物一样，呜呜地叫着，哭着，拼死拼活地爬上了坡。我们也都上来了。那时心好像要炸开，要裂成碎片似的。脑袋里轰轰直响……”

“哎呀呀！”莫蒙外公难受地说，“你们竟会遇上这样的事！不用说，一定是长角鹿妈妈亲自保佑了你们，保佑了自己的孩子们。它搭救了你们。不然的话，谁知道会怎样……听见没有？外面还呼呼地叫，风雪还猛着哩……”

孩子的眼睛简直要睁不开了。他强迫自己不睡，但眼皮一再地粘到一起。孩子因为在半睡半醒的状态中断断续续地听着外公和库鲁别克说话，就将听到的真事同想象的情景混到了一起。他仿佛觉得，他也在那里，也是这些进山遇上暴风雪的年轻小伙子之一。在他眼前是一条很陡的上山的路，这座山白茫茫的，满山是雪。风雪吹在脸上，像刀割一样。眼睛也像被针扎一样疼。他们推着一辆像房子一般大、装满了干草的汽车向上爬。他们在路上慢慢、慢慢地移动着。汽车已经走不动了，撑不住了，向后退了。情形十分可怕，周围一片漆黑，风冷得刺骨。孩子吓得瑟瑟发抖，担心汽车倒撞下来把他们压死。但是这时，长角鹿妈妈不知从哪里来了，它用角顶住汽车，帮他们向上推。孩子就喊：“加油，加油，加油！”汽车就动了起来。他们爬上山顶，汽车就自己朝下开了。他们又推第二辆，然后又推第三辆，就这样把许多辆汽车推了上去。每一次都是长角鹿妈妈帮他们推的。可是谁也看不到它。谁也不知道它跟他们在一起。孩子可是能看到的，能知道的。他每一次都看到，每当支持不住的时候，每当人没有力气，情况十分危急的时候，长角鹿妈妈就会跑来，用角帮他们将汽车推上去。孩子每次都给大家打气："加油，加油，加油！"而且他总是跟库鲁别克在一起。后来，库鲁别克对他说："开车！"孩子就坐进驾驶室。汽车抖动了，轰隆轰隆响了。方向盘也在他手里自由自在地自己转动起来，就跟小时候当汽车玩的桶箍一样。孩子觉得好丢脸：他的方向盘竟是这种样子，跟玩具一样。忽然，车子一歪，向一边倒去，发出轰隆一声，摔得粉碎。孩子大声哭了起来。他非常羞愧，真不好意思见库鲁别克。

"你怎么啦？你怎么啦，嗯？"库鲁别克把他叫醒。孩子睁开眼睛，才知道这原来是一场梦，觉得十分高兴。库鲁别克用手将他抱了起来，抱得紧紧的。

"做梦啦？吓坏了吧？嘿，还要逞英雄呢！"他用又硬又干的嘴唇亲了亲孩子。

"好啦，我让你躺下睡觉，该睡啦。"

他将孩子放在地毡上，夹在已经睡着的司机中间，自己也挨着躺下来，将他拉到眼前，让他靠着自己，为他盖上水兵制服。

天刚蒙蒙亮，外公就把孩子唤醒。

“醒醒吧，”外公小声说，“穿暖和点儿。起来，帮我做点儿事。”

模模糊糊的晨曦刚刚透进窗来，屋子里的人都还横七竖八地睡着。

“来，穿上毡靴。”莫蒙外公说。

外公身上散发着新鲜的干草气味。就是说，他已经给马喂过料了。孩子穿好毡靴，就跟外公一起来到院子里。雪落得很厚，但是风息了，只剩下间或刮起的一阵轻风，让地上的雪粉旋了起来。

“好冷啊！”孩子打起哆嗦。

“不要紧，天好像转晴啦。”老人家嘴里咕哝着，“真是怪事，一下子就变成那样。还算运气好，没有出事……”

他们走进牲畜棚。这里面有莫蒙养的五只羊。老人家摸到挂在柱子上的灯，把它点着了。羊在角落里张望着，咩咩地叫了起来。

“你拿着，给我照着亮，”老人家一面对孩子说，一面将灯递给他，“咱们来把黑羊宰了。那么多客人嘛。等他们起身，咱们的羊肉就烧好了。”

孩子端着灯给外公照明。风在墙缝里嘘嘘地叫，外面还又冷又昏暗。老人家先在门口撒了一捆干净的干草，将黑羊拉到这上面，再把羊放倒。在捆羊腿之前，他沉思了一会儿，蹲了下来。

“把灯放下。你也蹲下来。”他对孩子说。

老人家将两只手掌放在胸前，嘟哝起来：“我们伟大的祖先长角鹿妈妈啊！我拿黑羊给你上供来了。多亏你在危难的时候搭救了咱们的孩子们。多亏你用雪白的奶水养活了我们的祖先。感谢你那善良的心肠、慈悲的眼睛。在翻山的时候，在河水暴涨的时候，在山路溜滑的时候，你都要保佑我们。只要我们活在人世上，你要永生永世保佑我们，我们都是你的孩子啊。阿门。”

他按照祈祷的仪式，展开双掌，从额头抚面而下，直到下巴。孩子也照着做了。然后外公把羊放倒在地，将羊腿捆好。他从刀鞘里拔出一把古老的亚洲式尖刀。

孩子用灯给他照着。

天气终于好转。有两三次，太阳怯生生地从疾驰的云块间隙里露出脸来。四处都是昨夜暴风雪遗留的痕迹：大大小小的雪堆、纷乱的灌木丛、被雪压得弯成弧形的小树、被风吹倒的老树。

河那边的森林一声不响，静静的，好像有点儿郁郁不乐的样子。河面也好像低了下去，两岸堆起了雪，显得更陡了。河水的响声也小了些。

太阳还是没有定下心来，它一会儿露出脸来，一会儿又钻进云里。

但是，孩子心里一点儿也不忧愁，一点儿也不惊慌了。昨夜的惊惶不安已经过去，暴风雪已经过去，积雪并不碍他的事——雪地里还更好玩些呢。他到处跑来跑去，雪团纷纷从脚下飞起。使他感到高兴的是，家里有一屋子的人——小伙子们都睡好了，在高声地说笑，在狼吞虎咽地吃着为他们烧好的羊肉。

这时候，太阳也渐渐定下心来，阳光越来越明亮，每次露面的时间也越来越长。乌云慢慢消散，空气甚至都暖和起来了。下得过早的雪开始迅速地融化，尤其是大路和小道上的。

不错，当司机和装车的小伙子们准备动身时，孩子的心里确实着急了。大家一齐来到院子里，跟护林所的主人们道别，感谢主人的盛情相待。莫蒙外公和谢大赫玛特骑着马去送他们。外公的马上还驮了一捆柴，谢大赫玛特则带着一只大铅桶——准备烧热水浇开冻住的马达。

大家都离开了院子。

“外公，我也去，带我去吧。”孩子向外公跑去。

“你没看到吗，我带着柴，谢大赫玛特带着桶。没人能带你。你到那里去干什么？要走雪地，你走不动的。”

孩子不高兴了，气嘟嘟的。于是库鲁别克便来带他。“跟我们一起走吧，”他一面说，一面拉住孩子的手，“回来的时候你可以跟外公一块儿骑马。”

他们走向三岔路口，就是从阿尔查割草场下来的那条路的路口。地上的雪还是很厚。要跟上这些强壮的小伙子不是那么简单，孩子渐渐走不动了。

“来吧，让我来背你走。”库鲁别克说。他十分熟练地抓住他的胳膊，又十分熟练地将他甩到自己的背上。动作那样熟练，就好像天天背他似的。

“库鲁别克，你背小孩子倒是有两下子。”跟他走在一起的一个司机说。

“我以前天天要背弟弟妹妹。”库鲁别克自己吹嘘说，“我是老大，我下面还有五个弟弟妹妹，妈妈在地里干活儿，爸爸也不在家。现在我的妹妹们都有孩子了。我从部队回来时是个单身汉，一时也还没去工作，我的大妹妹就说：‘到我们家来吧，就住在我家，你带孩子挺有本事的。’我对她说：‘算了吧，我才不去呢！我现在要抱抱自己的孩子了。’……”

他们就这样一面闲扯，一面走着。孩子趴在库鲁别克结实的背上，觉得非常舒服，非常安稳。

“我要是有这样一个哥哥就好了！”他幻想起来，“那我就谁也不怕了。奥罗兹库尔要是胆敢再骂外公或者碰一碰谁，只要库鲁别克多少用点儿劲儿瞪他一眼，他马上就老实了。”

他们昨天夜里扔下的汽车，就在岔路口往上大约两千米的地方。车上堆满了雪，很像冬天田野里的草垛。看那样子，谁也休想挪动它们。

但是，瞧，火堆生起来了，水烧热了。小伙子们摇起了摇把，马达活了，打起了喷嚏，转动起来。接下来，事情就好办了。后面的每一辆汽车都可以靠缆绳拖着发动。前一辆已经发动起来、烧热了的汽车，都能拖动它后面的一辆。

所有的车子都发动起来之后，他们就用两辆汽车来拖昨夜翻进沟里的那一辆。所有在场的人都帮着把车子往路上推。孩子也凑在边上，也在帮着推。他一直在担心有人会说："你为什么在这里碍手碍脚的？去吧，走远点儿！"可是没有人说这话，没有人撵他。也许是因为库鲁别克答应让他帮忙的。库鲁别克在这里是最了不起的人，大家都很尊重他。

司机们再一次同他们道别。汽车开动了，起先很慢，后来就快起来。它们排成长长的一队，在覆盖着积雪的群山之间迤逦前进着。长角鹿妈妈的孩子们的孩子走了。他们都不知道，在孩子的想象中，隐身的长角鹿妈妈正在前面为他们开路。它跨着又大又快的步子在车队前面飞着。在艰险的道路上，它一直保佑着他们，为他们驱除危难和灾祸。吉尔吉斯人在多少世纪的游牧生活中受尽了山崩、雪崩、雪暴、大雾和其他灾祸之害，现在有长角鹿妈妈保佑，他们就可以躲过这些灾祸了。莫蒙外公黎明前用黑羊给长角鹿妈妈上供时，向它祈求的不就是这些吗？

他们走了，孩子也跟他们一起去了——只是心跟去了。他跟库鲁别克一块儿坐在驾驶室里。他说："库鲁别克叔叔，长角鹿妈妈在咱们前面的路上跑着哩。""可是真的？""真的，一点儿不假。瞧，那就是！”

“喂，你在想些什么？站在那里干什么？”莫蒙外公的声音使他清醒过来，“上来，该回家了。”他在马上弯下身子，把外孙抱上了马。“你冷吧？”老人家说着，用皮袄的大襟将外孙裹紧了些。

这些事发生的时候，孩子还没开始上学。

现在，他时不时从沉重的梦境中醒来，不安地想：“我明天要怎样去上学呢？我病了，身上好难受……”后来他又迷迷糊糊的了。他仿佛觉得，他正往本子上抄写老师在黑板上写的单词。“Ат. Ата. Така.”①

他拼命将这些一年级学生学的单词往本子上抄，抄满一页又一页。“Ат. Ата. Така. Ат. Ата. Така.”他精疲力竭，眼睛发花，身上发热。他感觉热得要命，于是揭开被子。当他什么也不盖，让身子冻着的时候，他又做了各种各样的梦。一会儿他变成鱼在冰冷的河里游，朝白轮船游去，可是怎么也游不到。一会儿遇上暴风雪：雪雾弥漫，冷风狂啸，装满了干草的汽车的轮子在陡峭的上山路上打着空转。汽车像人一样在呜呜大哭，可是轮子老是在原地空转。轮子拼命地转动，烧得通红，最后真的烧了起来，火向上直冒。长角鹿妈妈用角顶住车身，将装满干草的汽车朝山上推去。孩子使出全身的力气帮它

---

①这三个单词是吉尔吉斯文：马、父亲、马掌。——译注

往上推。他浑身热汗淋淋。忽然，装草的车子又变成一只小孩子的摇篮。长角鹿妈妈对孩子说："咱们跑快点儿，快把摇篮给别盖伊姨妈和奥罗兹库尔姨父送去。"他们就跑了起来。孩子跟不上它。但是，在前面黑暗处，摇篮上的银铃还一个劲儿地叮当叮当地响着。孩子就跟着铃声朝前跑。

这时，孩子听见台阶上响起脚步声，接着是开门声。他醒了。莫蒙外公和外婆回来了，他们似乎多少平静了一些。想必是因为有外人来到护林所，奥罗兹库尔和别盖伊姨妈没有再那样闹了。也许是奥罗兹库尔发酒疯发累了，终于睡着了。现在外面既没有叫声，也没有骂声。

临近午夜，月亮升到群山上空。它像一个昏黄的盘子，挂在一座最高的雪峰上头。长年冰封的高山在黑暗中矗立着，它那起伏不平的山脊熠熠地闪着银光。周围那些山，那一处处悬崖峭壁，还有那黑沉沉又一动不动的森林，全都鸦雀无声地呆立着。只有在山的最低处才有声音：河水冲击着石块，发出哗啦哗啦的响声。

月光像一股流水，斜斜地泻进窗来。月光照得孩子睡不着觉。他眯起眼睛，翻过来，又翻过去。他想请外婆把窗帘拉上，但没有作声，因为外婆正在生外公的气。

"老糊涂，"外婆一面脱衣睡觉，一面小声说，"你要是不懂得怎样做人，那你至少不要吭声，多听听别人的。你是被他握在手心里的，你的工资是靠他拿的，尽管只有那么一点点，可是每个月都有得拿。要是没有了工资，你又算什么呢？那么大年纪了，一点儿脑筋都没有……”

老人家没有搭腔。外婆也不响了。过了一会儿，她又突然出人意外地大声说：“要是一个人没有工资拿，那这个人就不算人，就什么也不是。”

老人家还是一声不响。

孩子睡不着。他头疼，脑子也很乱。想到学校，心里就发急。他还从来没有缺过一天课。他现在不能想象，要是明天不能到杰列赛去上学，那会怎么样。孩子还想到，要是奥罗兹库尔让外公没了工作，外婆就会叫外公没法过日子。到那时候，他们又该怎么办呢？

为什么人世间会这样呢？为什么有的人歹毒，有的人善良？为什么有的人幸福，有的人不幸？为什么有的人大家都怕，有的人无人惧怕？为什么有的人有孩子，有的人没有？为什么有的人就可以不发给别人工资？大概，最了不起的人就是那些拿工资最多的人。外公就因为拿得少，所以大家都欺侮他。唉，能有办法让外公也多拿些工资就好了！也许，到那时候，奥罗兹库尔就会尊敬外公了。

孩子这样乱糟糟地想着，越想头越疼。他又想起了傍晚在河对岸的浅滩上看到的那三头鹿。夜里它们在那里怎么过呢？它们可要孤零零地待在冰冷的石头山里，待在伸手不见五指的漆黑的森林里啊。那是很可怕的。万一有狼向它们扑来，那可怎么办？谁还会把神奇的摇篮挂在角上给别盖伊姨妈送来呢？

孩子心事重重地睡去了。蒙眬中，他还在祈求长角鹿妈妈送一只桦木摇篮给奥罗兹库尔和别盖伊姨妈。“让他们有孩子吧，让他们有孩子吧！”他这样恳求长角鹿妈妈。于是他听到了远处摇篮挂铃的叮当声。长角鹿妈妈急急忙忙赶来了，角上挂着神奇的摇篮……

第七章　你好，白轮船，我来了

一大早，孩子被一只手的抚摸弄醒了。外公的手很凉，他刚从外面来。孩子不由得瑟缩起来。

“躺着，躺着。”外公呵热了手，摸了摸他的额头，然后又把手掌放到他的胸口和肚子上。“你大概是生病了。”外公担心地说，“你身上滚烫。我刚才还在想，你怎么还躺着呀？该上学了啊。”

“我马上就起来，马上就去。”孩子抬起头来，只觉得眼前的一切都旋转起来，耳朵里嗡嗡直响。

“别起来。”外公把他按到枕头上，“谁会在你生病的时候送你去上学？来，把舌头伸出来我看看。”

孩子还是要起来去上学，说：“老师要骂的。她最不喜欢有谁缺课……”

“不会骂的。我去跟她说说。快，把舌头伸出来。”外公仔细看了看孩子的舌头和喉咙，又摸了老半天脉搏。外公那因干粗活而磨得又粗又硬的手指，十分神妙地在孩子滚烫、汗腻的手上摸到了脉搏。老人家心里有了数，于是宽慰地说：“谢天谢地。还算好，只是有点儿伤风。你是着了凉。今天你就躺在被窝里好啦，睡觉前我用温热的羊尾巴油给你擦擦脚心和胸口。出一身透汗后，兴许明天早上你就能起床，又像一匹健康的小野驴。”

莫蒙想起了昨天的事，又想到了还可能发生的事，他的脸色阴沉下来。他坐在外孙的床上，叹了一口气，沉思起来。“随它去吧！”他又叹了一口气小声说。

“你是什么时候病的？你怎么不说呢？”他对孩子说，“昨天晚上病的，是不是？”

“是昨天傍晚。我当时看到河对面有鹿，就跑回来告诉你。后来就觉得冷了。”

老人家不知为什么，用一种内疚的语调说：“噢，是这样……你躺着吧，我出去一下。”

他起身要走，但是孩子叫住了他：“外公，那就是你说的长角鹿妈妈，是吗？那一头白的，像牛奶一样白，那眼睛看起人来，就像人的眼睛一样……”

“你这傻孩子。”莫蒙老汉很不自然地笑了笑，“好吧，就算像你说得那样，也许，那就是它，”他低声说，“也许那就是长角鹿妈妈，谁又说得准呢？可是，我想……”外公的话没有说完，外婆就出现在了门口。她匆匆忙忙地从外面赶回来，已经探得了一些情况。

“快去，老头子，到那里去。”外婆一进门就说。莫蒙外公一听这话就垂下了头，显出一副可怜、丧气的样子。“他们在那里想用汽车把木头从河里拖出来，”外婆说，“你赶快去，叫你做什么，你就做什么……噢，天哪，牛奶还没有烧呢！”外婆忽然想了起来，便去生火、拿碗碟。外公皱起了眉头。他想反驳，想说点儿什么。可是外婆不让他开口。

“去吧，你呀，还愣着干什么？”外婆火了，“你还犟什么？咱们没什么好犟的，你呀，真够我受的。你有什么本钱顶撞人家？你看看，来找奥罗兹库尔的都是一些什么样的人？他们的汽车又是什么样子的？就是装十根大木头在山里开也没事儿。奥罗兹库尔现在睬都不睬咱们。不管我怎么劝，怎么求他，都没有用。他不叫你女儿进门。你那不生不养的女儿还待在谢大赫玛特家里，眼睛都哭肿了。她在骂你，怪你没有脑筋……”

“好啦，够了。”外公听不下去了，一面向门口走去，一面说，“给他喝些热牛奶，这孩子病了。”

“我给他喝，我会给他喝热牛奶的，去吧，去吧，行行好吧。”她送走了外公之后，还在嘟哝：“他是中了什么邪了？从来没有顶撞过谁，平时低声下气，见人矮一等，谁知一下子会这样！还敢骑奥罗兹库尔的马，骑上就跑。这都是因为你。”她恶狠狠地瞪了孩子一眼，“哪里值得为这样一个孩子去闯祸……”

过了一会儿，她端来一碗浮着一层滚烫黄油的热牛奶。牛奶烫嘴，可是外婆硬是要逼着他喝："快喝，趁热喝，别怕。喝热的才能治好伤风。"

孩子烫得眼泪都流了出来，于是外婆一下子心软了："好吧，就等它凉一点儿，稍微凉一点儿再喝好啦……真倒霉，偏偏在这种时候生病！"她叹了一口气。

孩子早就憋不住要撒尿了。他爬了起来，只觉得浑身软绵绵、晕乎乎的，一点儿力气都没有。好在外婆猜到了。

"等一等，我来给你拿尿盆。"

孩子不好意思地转过身去，将尿撒到尿盆里。尿是那样黄，那样热，他觉得奇怪。

他感到轻快多了，头也不那么疼了。

孩子安静地躺在被窝里，他很感激外婆的照料，并且心里在想，明天早晨病一定会好的，他一定要去上学。

他还在想，他到学校后要怎样来讲他们森林里新来的三头鹿。他要对大家说，那头雪白的母鹿就是长角鹿妈妈；它身边有一头小鹿，已经长得很大很结实了；还有一头强壮的、角特别粗的褐色公鹿，它十分威武，有它保护，长角鹿妈妈和小鹿是不怕狼的。

他想，他还要告诉大家，要是鹿留在他们这里，不往别处去的话，长角鹿妈妈不久就会给奥罗兹库尔姨父和别盖伊姨妈送一只神奇的摇篮来。

清晨，三头鹿下山来喝水。短暂的秋日暖阳刚出现在山脊上时，三头鹿便从上面的林子里走了出来。太阳越升越高，山下越来越明亮，越来越暖和。森林沉睡了一夜之后，又醒来了，又显得绚丽多彩，一派生气。

三头鹿不慌不忙地在树丛中走着，时而在林中空地上晒太阳，时而从树枝上扯几口带露水的树叶。三头鹿还是按原来的次序往前走：前面是角很大的公鹿，中间是小鹿，最后是臀部丰腴的母鹿，也就是长角鹿妈妈。鹿所走的路，正是昨天奥罗兹库尔和莫蒙外公往河边拖那根惹祸的木头的路。拖木头的痕迹还留在黑色的山土上，就像刚刚犁出的犁沟，到处是破碎的带草土块。这条路正通向浅滩，卡在河底石头里的那根松木还留在那里。

鹿爱往这里来，因为在这里喝水很方便。奥罗兹库尔、谢大赫玛特和两个来装木料的人也正朝这里走，他们是想看看怎样才能把汽车开得离木头更近些，以便用缆绳把木头从河里拖上来。莫蒙外公低着头畏畏缩缩地跟在大家后面走着。他不知道，昨天闹了一场之后他该怎么办，要拿出什么样子，做些什么事情。奥罗兹库尔准不准他干活儿呢？会不会像昨天他想用马去拖木头的时候那样，又把他赶回去呢？要是奥罗兹库尔说："你来这里干什么？不是对你说过了吗，你已经被开除了！"那又该怎么办？要是奥罗兹库尔当着大家的面臭骂他一顿，把他撵回家，那又该怎么办？

老人家走得顾虑重重，就像是要去受刑一样，不过还是不停地走着。外婆还跟在后面，她走得很随便，好像是跟来看热闹的，但实际上她是在押送老头子。她撵着老好人莫蒙去同奥罗兹库尔和解，撵着他前去做事，以求得奥罗兹库尔的宽恕。

奥罗兹库尔神气活现地大步走着，摆出一副当家人的派头。他一面走，一面大声地哼哼哈哈，威风十足地朝两边张望。虽然因为酒喝多了，他的头还在疼，但他觉得这气出得痛快。他一回头，就看到莫蒙外公跟在后面，就像一条被主人打了一顿但依然忠心耿耿的狗。

“等着瞧吧，我要叫你尝的苦头还在后头呢。我现在睬都不睬你，只当没有你这个人。你早晚还得跪倒在我的脚下！”奥罗兹库尔想起昨天晚上他用脚踢老婆，把她踢出门的时候，她在他脚下不要命地号叫的情形，不禁得意起来。

“就这样好！等我把这两个装木头的人打发走了，我还要把他们父女弄到一起咬一场呢。这会儿她恨不得把老头子的眼睛挖出来。她简直疯了，像只母狼一样。”奥罗兹库尔正同一个外来人边走边谈，在谈话的间隙里他这样想着。

同他谈话的人叫科克泰。这是一个粗壮的黑汉子，是湖滨地区一个集体农庄的会计。他跟奥罗兹库尔已有多年的交情。十二年前，科克泰自己造了一座房子，奥罗兹库尔供应过木料。他将原木贱卖给他锯板。后来科克泰给大儿子娶媳妇，要给新婚夫妻造房子，也是奥罗兹库尔供应他木料。现在科克泰要将小儿子分出去住，又需要木料造房子了，又是亏得老朋友奥罗兹库尔答应帮忙。没法子，过日子真难啊！做完一样事，就想“好啦，这下子可以安安生生地过下去了”。谁知过着过着，又出现了新难题。现在他没法不来找奥罗兹库尔这样的人……

“要是一切顺利的话，不久就可以请你吃新屋酒了。到时候咱们好好地喝几杯。”科克泰对奥罗兹库尔说。

奥罗兹库尔得意扬扬地抽着香烟，习惯性地喷出烟圈：“谢谢了。有人相请，却之不恭；无人相请，不能强求。只要你来叫，我一定到。我去你家做客已经不是头一回了。不过，现在我在想，你是不是应该等到晚上，趁天黑再把木料运出去？要紧的是，经过农场时不要被人发觉。要不然，万一被截住……”

“这话倒也不错，”科克泰犹豫起来，“不过，还得等很长时间才到晚上。还是早些悄悄地走吧，我们这一路不是没有检查站吗？不过，万一碰上民警或者别的什么人……”

“就是这话了！”奥罗兹库尔嘟哝说，他正因为胃部的灼烧感和头疼，难受得皱着眉头，“因为公事在路上跑一百年，连条狗都碰不上；可是在这一百年当中私运一趟木料，说不定就会出事。事情往往就是这样……”

他们都不作声了，各人想着各人的事。奥罗兹库尔想到昨天不得不把木头丢在河里这件事，感到十分恼火。要不然的话，木头就是现成的，昨天夜里就可以装上车，天蒙蒙亮的时候就可以把汽车打发走……唉，真倒霉，偏偏昨天出这种事！这都怪老混蛋莫蒙，他竟敢造反，想跳出他的手掌心，不服管了。好的，你就瞧着吧！别的事能饶你，这种事不会马马虎虎放过你的……

鹿在对岸喝水时，这几个人来到了河边。这些人真是怪物，那样忙忙碌碌，吵吵嚷嚷。他们忙着自己的事情，忙着说话，竟没有发现站在对面那些只有一河之隔的鹿。

三头鹿站在朝露未干的红色河滩林的灌木丛中，站在齐踝骨深的岸边浅水里，脚下是洁净的沙砾。鹿一小口一小口地喝着水，不慌也不忙，喝喝停停。水是冰冷的。鹿一面喝水，一面晒太阳。太阳晒得身上越来越暖和，越来越舒服。一路上从枝头落在背上的露水慢慢干了，三头鹿的背上都留着淡淡的水汽。这是一个非常宁静、非常惬意的早晨。

几个人一直没有发现鹿。一个人回去开汽车，其余的人还站在河边。三头鹿不时地摆动着耳朵，仔细倾听着偶尔传来的人声。当带拖车的汽车在对岸出现时，三头鹿不禁一怔，浑身抖了一下。汽车轰隆哐啷地开了过来。三头鹿动了一下，打算走开。但是汽车忽然停了下来，不再轰隆哐啷地响了。鹿迟疑了一下，后来还是小心翼翼地离开了。因为对岸人们说话的声音和动作都太大了。

鹿顺着矮矮的河滩林中的小路慢慢走去，鹿的背和角不时地从灌木丛中露出来。这边的人还是没有发现它们。直到鹿穿过山洪冲出的开阔的干沙滩时，人们才清清楚楚地看到了它们。在淡紫色的沙滩上，在明亮的阳光的照耀下，三头鹿分外显眼。几个人全都呆住了，全都张大了嘴巴，各人保持着各人的姿态。

“看，看，那是什么！”谢大赫玛特第一个叫了起来，“梅花鹿！咱们这地方哪里来的鹿？”

“你叫什么，有什么好嚷的？这哪里是梅花鹿，这是马鹿。我们昨天就看到过，”奥罗兹库尔大大咧咧地说，“哪里来的鹿？不用说，是外面来的呗。”

“乖乖，乖乖，好极了！”粗壮的科克泰高兴地喊。他有些激动，一把解开了勒得喉咙难受的衬衣领子。“一身好膘，”他兴奋地说，“吃得真肥……”

“那头母鹿多肥！瞧，它走路的样子，”司机瞪大了眼睛，接他的话头说，“真的，就像一匹两岁的母马。我还是头一回看见呢。”

“那公鹿有多棒！瞧，好大的角！它怎么能顶得动啊？ 而且一点儿也不怕人。奥罗兹库尔，这鹿是从哪里来的呢？”科克泰追问说。他那小小的猪眼睛忽闪忽闪的，露出贪婪的神色。

“不用说，是从保护区跑来的，”奥罗兹库尔带着当家人的气派，大模大样地回答，“是从那边翻山过来的。为什么不怕人？从来没受过惊吓，所以就不怕人。”

“嘿，这会儿要是有支猎枪就好了！”谢大赫玛特突然随口说，“马上就能搞到几百公斤鹿肉，不是吗？”

一直畏畏缩缩地站在一边的莫蒙忍不住了。

“谢大赫玛特，你不要乱说。鹿是不准许打的。”他小声说。

奥罗兹库尔用阴沉的目光斜瞟了老人家一眼。

“你还敢在我这里多嘴！”他恨恨地想。他想狠狠地臭骂他一顿，可是他忍住了，毕竟有外人在场。

“用不着你来教训人，”他看也不看莫蒙，恼火地说，“在养鹿的地方，鹿是不准打的。我们这地方不是养鹿的，我们用不着管这一套。明白吗？”他咄咄逼人地瞪着张皇失措的莫蒙。

“明白。”莫蒙顺从地回答。说完，他就低下头，走到一旁。

这时，外婆又一次偷偷地拉了拉他的袖子。“你能不能不作声？”她小声责备他。大家不知为什么，不好意思地垂下了眼睛，接着又一齐去看那三头顺着陡峭的小路越走越远的鹿。

鹿一头跟着一头，正在攀登陡峭的岸。褐色的大公鹿倨傲地擎着它那威武的大角，走在最前面。随后是没长角的小鹿，殿后的是长角鹿妈妈。在干净的黏土陡岸的映衬下，三头鹿的身影显得非常清晰、非常优美。鹿的每一个动作、每一步都清晰可见。

“嘿，真美啊！”司机不禁赞叹起来。这是个戴着近视眼镜的年轻小伙子，样子非常斯文。“真可惜，没有带照相机，要不然的话……”

“好啦，美，美够了，”奥罗兹库尔不以为然地打断了他的话，“别站着了。美不能当饭吃。你快把汽车朝河边倒开，开进水里，尽量开近些。谢大赫玛特，你脱掉靴子。”他吩咐道，觉得自己大权在握，心里得意极了，“你也去。”他又指挥司机，“你们去把缆绳拴到木头上。动作快一点儿。还有事情呢。”

谢大赫玛特使劲儿脱着脚上的靴子。靴子太紧了。

“别发愣，去帮帮他，”外婆暗暗地捅了捅老头子。“你也脱掉靴子，也下水去。”她恶狠狠地小声催促他。

莫蒙外公跑去帮谢大赫玛特脱下靴子，自己也很快地脱掉靴子。这时，奥罗兹库尔和科克泰在指挥汽车：“朝这边，朝这边来。”

“往左边一点儿，往左。就这样。”

“再开近点儿。”

走在小路上的鹿听到下面又传来不寻常的汽车马达声，加快了步子。它们慌慌张张地回头望了几次，才跳上陡岸，钻进桦树林里。

“啊，跑掉啦！”科克泰好像突然清醒过来一样，他的叫声带着一种惋惜的意味，就好像已经到手的东西跑掉了。

“没关系，跑不掉的！”奥罗兹库尔猜到了他的意思，并且因此得意，夸口说，“今天晚上你别走啦，我来请客。算你有口福，我请你好好地吃一顿。”他哈哈大笑，拍了拍朋友的肩膀。奥罗兹库尔也有高兴的时候。

“好的，要是这样的话，那我听你的。毕竟你是主人，我是客人。”粗壮的科克泰表示接受邀请。他笑得露出了黄黄的大板牙。

汽车已经开到河边，后轮有一半已经在水里了。司机不敢冒险再往深处开了。现在得把缆绳拉到木头跟前，要是缆绳够长的话，用不着费多大的事，就可以把木头从水底的石头夹缝里拉出来了。

缆绳是钢丝编的，又长又重。必须有人下到水里，把缆绳拖到木头跟前。司机很不情愿地脱着靴子，担忧地望着河水。他还没有最后拿定主意：是穿着靴子下水好呢，还是脱掉靴子好？“恐怕还是光着脚好。”他想，“如果穿着靴子，水肯定是要灌进靴筒的。水这样深，差不多要到大腿了。水要是灌进靴筒，就得一整天都穿湿靴子。”可是，他也想象得出，这会儿河里的水该有多冷。于是莫蒙外公就抓住了这一时机。

“孩子，你别脱靴子了，”他跑到司机跟前说，“我和谢大赫玛特下去好啦。”

“这可使不得，老大爷。”司机不好意思地拒绝。

“你是客人，我们是这里的人，你就负责开车好啦。”莫蒙外公劝他说。

当莫蒙外公和谢大赫玛特将短木棒穿过绕成圈儿的钢缆，

把钢缆拖到水里去的时候，谢大赫玛特尖着嗓门儿喊叫起来：“哎呀呀，这哪里是水，这是冰！”

奥罗兹库尔和科克泰大大咧咧地笑着，给他打气：“忍一忍，忍一忍吧！等会儿有东西给你暖身子！”莫蒙外公却一声不响。他甚至都没感觉到那彻骨的寒冷。为了尽量不引起别人的注意，他将头缩着，一面光着脚在溜滑的水底石头上走，一面祈祷：但愿奥罗兹库尔不要叫他回去，不要撵他走，不要当着众人臭骂他，但愿能饶过他这个不幸的糊涂老头子……

奥罗兹库尔也什么都没有说。仿佛他没有注意到莫蒙在赔小心，没有注意到这个人。其实他心中正扬扬得意，觉得终于把造反的老头子制服了。“这样就对了，”奥罗兹库尔阴险地暗笑着，“爬过来，跪在我的脚下了。可惜我的职权还不大，要不然，再神气的人我都能制得服服帖帖的！不管有多神气，我都能叫他们在地上爬。要是能给我一个集体农庄或者国营农场，我一定都能管得好好的。现在的管理人对老百姓太纵容了，他们竟然还抱怨，说大家对农庄经理不尊重啦，对农场场长不尊重啦。随便哪一个放羊的，都能跟管理人平起平坐。糊涂蛋，不配掌权！对待底下人能够这样吗？要是在从前，即便人头纷纷落地，都是没有人敢吱一声的。那才像个样子！可是现在又怎样呢？连顶窝囊的人也顶撞起人来了。好吧，你就给我爬吧，爬吧。”奥罗兹库尔得意地想着，只是偶尔朝莫蒙那边望一眼。

莫蒙在冰冷的河水中蹒跚前行，他弓着背，几乎冻成了一团。他跟谢大赫玛特一起拖着钢缆。他觉得奥罗兹库尔好像饶过了他，正因此感到高兴呢。

“你饶了我这个老头子吧，我不是有意的，”他在心里对奥罗兹库尔说，“昨天我实在出于无奈，才骑上马跑到学校去接外孙。他没爹没娘，不能不怜惜他啊。今天他就没去上学，害起病来了。忘了吧，别计较吧。你跟我也不是外人。你以为，我不希望你和我女儿幸福吗？要是我能听到我那女儿，也就是你妻子的新生婴儿的哭声，就算要立马死去也心甘情愿。我敢发誓，我一定会高兴得哭起来。但求你别欺侮我女儿，但求你对我别计较。要说干活嘛，只要我还有一口气，我就干下去。什么事我都做得好好的，你只要说一声就行……”

外婆站在河边打手势、做样子，向老头子示意：“使劲儿干吧，老头子！你看，他饶了你了。你照我说的去做，一切都会平安无事的。”

孩子在睡觉。他只醒过一次，是一声枪响把他震醒的，但随后又睡着了。昨天夜里生病没有睡好，他太困乏了。今天他睡得很香，很安稳。他在睡梦中都感觉到，这会儿不发冷也不发烧了，身体正自由自在地舒展着，躺在被窝里多么舒服啊。要不是外婆和别盖伊姨妈说话，他恐怕还要睡很久。她们已经尽量压低了说话的声音，但是拿碗盏时弄出了响声，于是孩子醒了过来。

“你拿着这个大碗，再拿一个盘子。”外婆在前面的房间里兴致勃勃地小声说，“我来拿桶和箩。哎呀，我的腰呀！真够呛。咱们干了多少事啊。可是，谢天谢地，我太高兴了。”

“噢唷，这还用说，妈妈，我也太高兴了。昨天我简直不想活了。要不是古莉查玛，我早就寻死了。”

“可不能这样想，”外婆开导她说，“胡椒拿了没有？走吧。是老天爷将礼物送上门，让你们和好的。走吧，走吧。”

临出门时，别盖伊姨妈在门口向外婆问起孩子：“他还睡着吗？”

“让他睡一会儿好啦，”外婆回答说，“等肉烧好了，趁热给他端一碗肉汤来。”

孩子再也睡不着了。外面有很多人的脚步声和说话声。别伊盖姨妈在笑，古莉查玛和外婆也一齐跟着她笑。

还有一些不熟悉的声音。“大概是夜里来的人，”孩子心想，“就是说，他们还没走哩。”就是没有听到外公的声音，也没有看到外公。他在哪里呢？在干什么呢？

孩子听着外面的声音，盼着外公回来。他很想跟外公讲讲昨天他看到的鹿。冬天很快就要到了。应当在林子里多给鹿留一些干草，好让它们吃。要把鹿养熟，让它们一点儿不怕人，还要让它们一直过河到这边来，到院子里来。来到这里，要给它们吃一些它们顶喜欢吃的东西。真想知道，它们顶喜欢吃什么呢？最好能把小鹿养熟，让它跟着他到处跑。那才有意思哩！也许，鹿还要跟他一起去上学呢……

孩子盼着外公来，可是外公没有来。谢大赫玛特却忽然来了，不知为什么他非常开心，快活极了。他摇摇晃晃，自顾自地笑着。他走近时，一股冲人的酒气扑鼻而来。孩子很不喜欢这种又臭又辣的气味，闻到这种气味，就想起奥罗兹库尔的蛮横，想起外公和别盖伊姨妈的苦楚。但谢大赫玛特和奥罗兹库尔不同，他喝了酒，就会变得和气、快乐，完全成了一个随和又傻里傻气的人——虽然他清醒时也算不上聪明。在这种时候，他和莫蒙外公之间常常会有大致如下的一番对话：

“谢大赫玛特，你傻笑什么？打架打够了吗？”

“大爷，我太喜欢你了！说真话，大爷，我拿你当亲爹看。”

“唉。你年纪轻轻的，真可惜呀！别的小伙子都会开汽车，可是你连自己的舌头都摆弄不好。我要是在你这样的年纪，至少也要坐坐拖拉机。”

“大爷，部队首长对我说过，我在这方面不行。不过，大爷，我是步兵，没有步兵，到哪里都不行……”

“还步兵哩！你是懒蛋，不是步兵。可是，你看你老婆……老天爷没长眼睛。像你这样的人，有一百个也抵不上一个古莉查玛。”

“所以，大爷，我们待在这里就好，因为在这里只有我一个，她也是一个。”

“跟你没有什么好讲的！身子结实得像一头牛，可是，脑筋呢……”莫蒙外公失望地将手一摔。

“哞哞哞……”谢大赫玛特学起牛叫，跟在老人家后面笑。

他走了几步，又在院子当中站着，唱起他那支古里古怪的、不知从哪里听来的歌：

我骑红马下了红山，
叫一声穿红衣老板，
请你把门儿开开，
快点儿把红酒拿来！

我骑褐牛下了褐山，
叫一声穿褐衣老板，
请你把门儿开开，
快点儿把褐酒拿来！

他可以一直没完没了地唱下去，因为他下山可以骑骆驼、骑公鸡、骑老鼠、骑乌龟，可以骑一切能走动的东西。喝醉了的谢大赫玛特甚至比清醒时更叫孩子喜欢。

所以，当一身酒气的谢大赫玛特来到时，孩子对他亲切地笑了。

“哈！”谢大赫玛特惊异地叫起来，“我听说你病了。可是我看你根本没病。你为什么不到院子里玩玩？这样可不行……”他倒在孩子的床上，散发着酒气，他的手上和衣服上还有一股新鲜的生肉气味。他缠着孩子，又抱又吻。他腮上那又粗又硬的胡子扎得孩子的脸生疼。

“好啦，够了，谢大赫玛特叔叔，”孩子央求说，“外公在哪里？你看到他了吗？”

“你外公就在那里，真的。”谢大赫玛特用两手在空中划了一圈，叫人弄不清是什么意思，“我们……我们把木头从水里拖出来，就喝了点儿酒暖暖身子。这会儿他正在烧肉呢，真的。你快起来，穿好衣服，咱们一块儿去。这怎么行！这可不对头。我们大家都在那里，你却一个人在这里。”

“外公不叫我起来。”孩子说。

“算了吧，你外公没这样说。咱们瞧瞧去。这种事儿可不是天天有的。今天是大开荤。碗也泡在油里，勺子也泡在油里，嘴也泡在油里！快起来！”

喝了酒的谢大赫玛格外笨拙地给孩子穿衣服。

“我自己穿。”孩子隐隐觉得头晕，不想叫他穿。

但是喝了酒的谢大赫玛特不听这一套。他认为自己是在做好事，他觉得不该把孩子一个人丢在家里，今天又是这样的日子：碗也泡在油里，勺子也泡在油里，嘴也泡在油里……

孩子摇摇晃晃地跟着谢大赫玛特走出了屋子。这一天山里有风，多云。云块在天上迅速移动着。孩子走下台阶的工夫，天气就发生了剧烈的变化——从阳光耀眼的晴天，变换到暗沉沉的阴天。这让孩子觉得头疼。一阵风将一股柴火的烟气吹到他脸上，熏得眼睛非常难受。“大概今天又洗衣服了。”孩子心想。往常在大洗衣服的日子里，院子里总是会生一堆火，支一口老大的黑锅烧水，供三家人使用。这口锅一个人是拿不动的，别盖伊姨妈要和古莉查玛合力才能抬得动。

孩子很喜欢大洗衣服的日子。第一，在露天里生火堆，他可以玩玩火，这在屋子里是办不到的。第二，将洗好的衣服晾开来是非常有趣的。那挂在绳子上的一件件衣服，有白的、蓝的、红的，把院子点缀得非常好看。孩子还喜欢悄悄走到挂在绳子上的衣服跟前，拿脸去蹭蹭湿乎乎的衣服。

这一次，院子里一件衣服也没有。可是，铁锅底下的火烧得正旺，热气从烧滚的铁锅里扑扑地直往外冒——铁锅里装满了大块大块的肉。肉已经煮熟了，肉香和烟火气直钻人的鼻子，引得人垂涎欲滴。别盖伊姨妈穿着新的红色连衫裙、新皮靴，裹着披到肩头的花头巾。她正在火边弯着身子，用大汤勺撇浮沫。莫蒙外公跪在她旁边，在拨弄锅底下的柴火。

“瞧，你外公在那里，”谢大赫玛特对孩子说，“去吧。”

他又开始唱：“我骑红马下了红山，叫一声穿红衣老板……”

奥罗兹库尔从棚子里钻了出来。只见他剃光了头，手执斧头，挽着袖子。

“你跑到哪里去啦？”他厉声喝问谢大赫玛特，“客人在这里劈柴，”他朝正在劈柴的司机指了指，“你倒唱起歌来了。”

“来了，马上就好，”谢大赫玛特一面说着，一面朝司机走去，“给我吧，老弟，我自己来。”

这时，孩子来到跪在火边的外公跟前。他是从外公背后走过去的。

“外公。”他叫道。外公没有听见。

“外公。”孩子又叫了一声，碰了碰外公的肩膀。

老人家回过头来，孩子简直认不得他了。外公也喝得醉醺醺的。孩子真不记得什么时候看到外公喝醉过。要说有过这样的事，那也只是在伊塞克湖畔一些老人的丧宴上。在丧宴上，所有的人，包括女人在内，都是要喝烈酒的。但是像这样无缘无故地喝醉，这样的事外公还不曾做过。

老人家向孩子投来一种疏远、奇怪而粗野的目光。他的脸热热、红红的，当他认出外孙时，他的脸更红了。他的脸通红通红的，但马上又变得煞白煞白的。外公慌忙站了起来。

“你怎么啦，嗯？”他将外孙搂到怀里，低声说，“你怎么啦，嗯？你怎么啦？”除了这句话，他什么都说不出来，好像他失去了说话的能力。

他的慌张和不安感染了孩子。“你病了吗，外公？”孩子担心地问。

“没有，没有。我没什么，”外公含含糊糊地说，“你去吧，去玩一会儿。我在这里烧火呢，真的……”

他几乎是将外孙一把推开，好像他再也不管世上的一切。他又转身去烧起火来。他跪在那里，头也不回，哪里也不看，只是烧火。老人家没有看见，外孙不知所措地愣了一会儿，就朝着正在劈柴的谢大赫玛特走去。

孩子不知道外公是怎么回事，也不知道这会儿院子里是怎么回事。直到他走到棚子跟前，才注意到有一大堆鲜红鲜红的肉堆在一张兽皮上。那张兽皮毛朝下地摊在地上，兽皮边上还流着一道道鲜血。远处，在扔脏东西的地方，狗一面呜噜呜噜地哼叫着，一面撕食着扔掉的内脏。在肉堆旁边，有一个大块头、黑脸膛的陌生人，他像块大石头一样蹲在那里。这就是科克泰，他和奥罗兹库尔都在挥刀割肉。他们心安理得、不慌不忙地将分割开的带骨头的肉分几堆放在摊开的兽皮上。

“美极啦！这气味多好闻啊！”粗壮的黑脸汉子拿着一块肉，一面闻着，一面瓮声瓮气地说。

“拿去，拿去，放到你那一堆里吧，”奥罗兹库尔很大方地对他说，“这是天赐美味，是为了迎接你的光临。这种事可不是天天都能碰得到的。”

奥罗兹库尔说这话时，还不住地哼哧哼哧喘粗气。他时常站起来，抚摸几下他那胀鼓鼓的肚子，像是吃得太饱一样，但明眼人都能看出，他是喝了不少酒。他继续哼哧哼哧地喘着粗气，还时不时仰头，缓解酒精带来的晕眩。因为得意和醉酒，他那像奶牛乳房一样红肿且肉嘟嘟的脸变得油光油光的。

当孩子看到棚子墙根下带角的鹿头时，不禁毛骨悚然，浑身冰凉。砍下来的鹿头就扔在灰扑扑的地上，浸在一片黑乎乎的血中。这鹿头很像被扔在路旁的一块带树枝的木头疙瘩。鹿头旁边还放着四条带蹄的腿，都是沿着膝关节砍断的。

孩子胆战心惊地望着这一可怕的场景。他简直无法相信自己的眼睛。他面前居然是长角鹿妈妈的头。他想跑开，但是两脚不听使唤。他站在那里，望着血肉模糊、毫无生气的白色母鹿的头。

就是它，昨天还是长角鹿妈妈，还在对岸用和善而亲切的目光望着他；就是它，昨天他还在心里跟它讲话，求它用角送一只带铃铛的神奇的摇篮来。这一切一下子就变成一堆乱糟糟的肉、一张剥下来的皮、砍断的腿和扔在一旁的头。

他是想走开的，可他还是呆呆地站在那里。他不懂这一切怎么会发生，为什么会发生。

那个正在割肉的粗壮黑汉子用刀尖从肉堆里挑出一块鹿腰子，递给孩子。

“拿去，孩子，到炭火上烤一烤，可香哩！”他说。孩子动也没动。

“拿去吧！”奥罗兹库尔吩咐说。

孩子木然地把手伸了过去。他还是站在那里，冰冷的手里握着还很热乎、很软和的长角鹿妈妈的腰子。这时候，奥罗兹库尔抓住鹿角，提起了白母鹿的头。

“嘿，好沉啊！”他掂了掂鹿头说，“单是鹿角就够重的了。”

他将鹿头侧着放在木墩上，抓起斧头就来劈鹿角。

“这鹿角真不差！”他一面说，一面用斧头朝鹿角生根处咔嚓咔嚓地直劈。“咱们劈下来给你外公，”他朝孩子眨眨眼睛，“等他一死，咱们就把鹿角放到他坟上。随便别人怎么说咱们不孝敬他好啦。还要怎样孝敬？有了这样一对鹿角，哪怕今天就死，也不亏啦！”他一面哈哈大笑，一面拿斧头瞄准鹿角根部。

鹿角在鹿头上纹丝不动。原来，要把鹿角劈下来，并不那么容易。喝醉了的奥罗兹库尔老是劈不准。越是劈不准，他就越恼火。鹿头从木墩上滚落到地上，于是奥罗兹库尔就在地上继续劈起来。鹿头一再地蹦了开去，他就拿着斧头追着劈去。

孩子打着哆嗦，奥罗兹库尔每劈一下，他都不由自主地朝后一退，但是他又无法离开这里。就像做着一个噩梦，他被一种可怕又不可理解的力量钉在了地上。

他站在那里，感到十分惊愕：长角鹿妈妈那一动不动、毫无表情的眼睛竟一点儿也不理会斧头，眨都不眨一下，也不吓得眯起来。头早就在泥里、土里打了许多滚，可是眼睛还是清澈的，而且好像依然带着死去时那种一声不响、呆然不动的惊愕神情望着世界。孩子真怕喝醉了的奥罗兹库尔劈到眼睛上。

鹿角还是纹丝不动地在鹿头上。奥罗兹库尔越来越恼火，越来越野蛮，他举起斧头就朝鹿头上乱砸，再也不管用的是斧背还是斧刃。

“你这样会把鹿角砸坏的。让我来！”谢大赫玛特走了过来。

“滚吧！我自己来！砸不坏的！”奥罗兹库尔一面挥着斧头，一面声嘶力竭地喊。

“好，那就随你的便吧。”谢大赫玛特吐了一口唾沫，朝自己家里走去。

那个粗壮的黑汉子走在他后面，背上背着一麻袋自己分到的肉。

酒后的奥罗兹库尔特别固执，他继续在棚子外面劈长角鹿妈妈的头。看那架势，他好像是在报多年的冤仇。

“你这混账东西！”他口吐白沫，用靴子踢着鹿头，好像死鹿的头能够听见他说话似的。

“哼，你休想捣蛋！”他抡起斧头，一斧又一斧地劈下去，“要是制服不了你，我就改姓。我叫你试试看！试试看！”他猛力劈去。

鹿头破裂了，碎骨片朝四面飞去。

当斧头恰巧劈到鹿的眼睛时，孩子哇地叫了一声。

破裂的眼珠里迸出浓浓的黑汁。眼睛不亮了，没有了，眼窝空了……

“再硬的头我也能砸个稀巴烂！再硬的角我也能劈断！”奥罗兹库尔不住地吼叫着，对无辜的鹿头有说不出的恼怒和仇恨。

终于，他把鹿的头顶骨和额头全劈开了。他扔下斧头，用脚将鹿头踩在地上，两只手抓住鹿角，用野兽般的力气扭将起来。他拼命地扭扯着，让鹿角发出咔嚓咔嚓的声响，就像树根断裂时那样。就是这一对角，孩子就是祈求长角鹿妈妈用这一对角送一只神奇的摇篮给奥罗兹库尔和别盖伊姨妈……

孩子感到一阵恶心。

他转过身，手里的鹿腰子掉到地上。他艰难地挪动着步子走开了。他真怕自己会跌倒，或者当着别人的面一下子呕吐起来。他的脸煞白煞白的，额头上冒着黏糊糊的冷汗。他走过铁锅边时，铁锅底下的火正熊熊燃烧着，一团团的热气从锅里直往外冒，可怜的莫蒙外公依然背对着大家坐在那里烧火。孩子没有去惊动外公，他想快一点儿到被窝里躺下来，把头蒙起来。什么都不去看，什么都不去听，他要全忘掉……

他迎面碰上了别盖伊姨妈。尽管她打扮得很妖艳，但脸上还是能看到被奥罗兹库尔打得青一块紫一块的伤。她高兴得有点儿反常，她那瘦瘦的身影今天来来回回地跑个不停，为“大开荤”忙活着。

“你怎么啦？”她喊住了孩子。

“我头疼。”孩子说。

“哎呀，我的好孩子，你生起病来了。”她忽然动了感情，并且拼命地吻起孩子。

她也喝得醉醺醺的，身上也发出叫人恶心的酒气。

“这孩子头疼起来了。”她心疼地说，“我的好孩子！你大概想吃点儿东西吧？”

“不，不想吃！我想睡觉。”

“那好吧，咱们走，我带你去睡觉。你干吗要一个人孤孤单单地去睡觉？大伙儿都要上我家里去热闹热闹。有客人，也有咱们自己家里的人。肉也烧好啦。”她便拉着他朝她家里走去。

当他们两个人从铁锅旁边走过时，浑身是汗、脸红得像奶牛红肿的乳房一样的奥罗兹库尔从棚子后面走了过来。他得意扬扬地把他劈下来的鹿角摔到莫蒙外公跟前。老人家猛地站起身来。

奥罗兹库尔没有看他，而是直接举起一桶水，仰头就往嘴里倒。他一面喝水，一面任由水将他的身子打湿。

“你现在可以死了。”他放下水桶，说了这么一句，然后又趴在水桶上继续喝水。

孩子听到外公轻声说：“谢谢你了，孩子，谢谢你。现在死也不可怕了。当然啦，这是看得起我，孝敬我，所以……”

“我要回家去。”孩子觉得浑身无力。别盖伊姨妈不依他。

“你一个人去躺着，多没意思。”她差不多是硬扯着把他拖到她家里，让他睡到角落的一张床上。

奥罗兹库尔家里准备好了一切，就等着开席了。炖的、炒的，样样齐全。所有的这一切，都是外婆和古莉查玛忙活着做的。别盖伊姨妈就在家里和院子里的肉锅之间奔跑着。奥罗兹库尔和粗壮的黑汉子科克泰靠在大花被上，胳膊肘下垫着枕头，品着茶，就等着大开荤。他们不知为什么一下子拿起了派头，觉得自己成了王公贵族。谢大赫玛特不时地给他们斟茶。

孩子一声不响地躺在角落里，又拘束，又紧张。他又开始发冷了。他想爬起来离开，但他怕自己一下床就会呕吐起来。所以，他为了不叫哽在喉咙里的一团东西冲出来，努力地憋着。他一动都不敢动。

一会儿，女人们把谢大赫玛特叫出去。接着，他就端着一只老大的搪瓷碗进了门，碗里是堆得尖尖的、热气腾腾的鹿肉。他费劲儿地把这碗肉端了过来，放到奥罗兹库尔和科克泰面前。女人们随后又送来各种各样的吃食。

大家开始就座，刀叉和碟子也都摆好了。谢大赫玛特开始挨个给大家倒酒。

“今天我来当伏特加酒的总指挥。”他指着角落里的几瓶酒，哈哈大笑。

最后来的是莫蒙外公。今天老头子的样子非常奇怪，而且显得比往常更为可怜。他想随便凑到边上坐坐，但是粗壮的黑汉子科克泰很慷慨地请他跟自己坐在一起。

“到这边坐，老人家。”

“谢谢。我不是客人，随便坐坐好啦。”莫蒙想推却。

“但您总是最年长的。”科克泰一面说，一面拉他坐在自己和谢大赫玛特中间，“咱们干一杯，老人家，恭喜您这一次马到成功。该是您第一个说祝酒词。”

莫蒙外公迟疑地咳嗽了几声，清了清嗓子。

“愿这一家过得和睦，”他好不容易说出这话，“孩子们，谁家过得和睦，谁家就幸福。”

“这话对，这话对！”大家一面附和，一面端起酒杯唱起来。

“您怎么啦？不行，这可不行！您祝女婿和女儿幸福，自己却不喝酒。”科克泰责备发窘的莫蒙外公。

“好吧，既然是为了幸福，我有什么好说的。”老人家连忙说。

使大家惊异的是，他将几乎满满的一杯烈酒一饮而尽。他的头一阵晕眩，晃了几晃。

“这才像话！”

“我们的老头子跟别人家的老头子不同！”

“我们的老头子是好样的！”

大家都在笑，大家都很满意，大家都在夸老头子。

屋子里又热又闷。孩子躺在那里非常难受，他一直感到恶心。他合上眼睛继续躺着，听到喝得醉醺醺的一桌人在狼吞虎咽地吃长角鹿妈妈的肉。他们在吧嗒嘴，在咀嚼，在哼哧哼哧地喘粗气，还把好吃的肉块让来让去。孩子还听到碰杯的声音、将啃光的骨头放到碗里的声音。

“真嫩，什么肉都比不上这种肉！”科克泰一面咂嘴，一面称赞。

“住在山里怎么能不吃这种肉，我们可不是傻瓜。”奥罗兹库尔说。

“这话不错，不然我们住在山里图什么？”谢大赫玛特附和说。

大家都在夸长角鹿妈妈的肉好吃。外婆在夸，别盖伊姨妈在夸，古莉查玛在夸，连外公也在夸。他们也用碟子给孩子端了肉和别的吃食来，但是他不肯吃。他们看到他不舒服，也就随他了。

孩子躺在床上，将牙齿咬得紧紧的。他觉得这样就可以不吐出来。但是，最使他难受的是，他觉得自己没有本事，拿这些打死长角鹿妈妈的人毫无办法。他出于孩子的义愤，出于绝望，在想着各种各样的报仇办法。他在想，怎样才能惩治他们，让他们懂得他们犯了不得了的大罪。但是，他实在想不出什么更好的办法，只好在心中暗暗地召唤库鲁别克前来相助。是的，只有叫那个穿着水兵制服、在那个暴风雪的夜里跟许多年轻司机一起来运干草的小伙子来。这是孩子所认识的人当中唯一能制服奥罗兹库尔的人，只有他能当面给奥罗兹库尔一点儿颜色看看。

听到孩子的召唤，库鲁别克开着卡车飞驰而来，他横挎冲锋枪跳出驾驶室，喊道："他们在哪里？"

"他们就在那里！"孩子回答。

两人一起朝奥罗兹库尔家里跑来，一脚把房门踢开。

"不许动！把手举起来！"库鲁别克在门口端着冲锋枪厉声喝道。

大家都慌了神，全吓呆了，都坐在原地动弹不得。鹿肉在他们的喉咙里卡住了。他们这些酒足饭饱的人，一个个脸上油光光的，嘴上油光光的，油光光的手里还拿着骨头。他们全都一动不动地愣在那里。

"你给我站起来，坏蛋！"库鲁别克拿冲锋枪抵住奥罗兹库尔的额头。奥罗兹库尔浑身直打哆嗦，趴到库鲁别克的脚下，结结巴巴地说："饶……饶命，别打……打死我……我！"

但是库鲁别克不理他这一套。

"出去，坏蛋！你完蛋啦！"他朝奥罗兹库尔肉嘟嘟的屁股上狠狠地踢了一脚。奥罗兹库尔只得站起来，走出门去。

所有在场的人都吓坏了，全都一声不响地走到院子里。

"站到墙根前！"库鲁别克朝奥罗兹库尔喝道，"因为你打死了长角鹿妈妈，因为你劈掉了它挂摇篮的角，判你死罪！"

奥罗兹库尔趴到地上，一面爬，一面号哭、哀叫："别打死我啊，我连孩子都还没有呢。我在这世界上只有一个人啊。

我没有儿子，也没有女儿……”

他那种蛮横霸道的样子完全不见了，简直成了一个胆小如鼠、低声下气的可怜虫。这样的家伙真不值得开一枪。

“好吧，咱们就不打死他。”孩子对库鲁别克说，“可是，要叫这个人离开这里，永远不准回来。这里不需要他，让他走吧！”

奥罗兹库尔站了起来，提了提裤子，就头也不敢回地逃跑了。他跑得脸上的肥肉直哆嗦，连裤子都要掉了。

但是库鲁别克喊住了他：“站住！我们要最后告诉你几句话。你永远不会有孩子的。你是个又歹毒又下流的人，这里谁都不喜欢你。森林也不喜欢你，那里的每一棵树，甚至每一棵草都不喜欢你。你是法西斯！你滚吧，永远别回来。快点儿滚！”

奥罗兹库尔头也不回地跑了。

“嗖嗖……嗖嗖！”库鲁别克在他后面哈哈大笑，为了吓唬他，还举枪向空中打了两梭子。

孩子心满意足，高兴极了。等到奥罗兹库尔跑得没了影子，库鲁别克才对满脸羞臊地站在门边的其他人说：“你们怎么跟这种人搞在一起？不觉得害臊吗？”

孩子觉得非常痛快。做坏事的人终于落得了应有的下场。而且他是那样相信自己的幻想，甚至忘记了他这会儿在哪里，忘记了这会儿奥罗兹库尔家里正为什么在狂饮。

一阵哄堂大笑，把他从美好的幻境中拉了回来。他睁开眼睛，仔细听起来。莫蒙外公不在屋里，他大概到外面去了。女人们在收拾碗碟，准备把茶端上来。谢大赫玛特正在大声地讲着一件什么事情。坐在桌旁的人一面听，一面笑。

“后来怎样？”

“你讲吧！”

“不，听我说，你来讲，你再重讲一遍。”奥罗兹库尔一面笑得要死，一面要求道，“你是怎样对他说的？怎样吓唬他的？哎呀呀，真是笑死人！”

“是这样的。”谢大赫玛特又乐滋滋地讲起他已经讲过一遍的事情，“我们当时骑着马朝鹿走去，鹿就站在树林边上，三头鹿都在那里。我们刚刚把马拴到树上，老头子就一下子拉住我的手，说：‘咱们不能开枪打鹿啊。咱们都是布古人，都是长角鹿妈妈的孩子啊！’他望着我，那样子就像个小孩子，还露出那种恳求的眼神。我简直要笑死了。可是，我没有笑。相反，我倒板起脸来，说：‘怎么，你想坐牢是不是？’他说：‘我不想。’我说：‘这都是财主老爷们编造的谎话，是财主老爷们在他们掌权的黑暗时代，编出来吓唬穷苦老百姓的，你知道不知道？’他听了，张大了嘴巴，说：‘你说什么？’我说：‘我说的就是这个。你快别说这种鬼话了，要不然，即便你年纪这么大，我都要写状子告你去。’”

“哈哈哈……”在座的人一齐大笑起来。

奥罗兹库尔的笑声比谁都响。他笑得非常开心。

“后来，我们就悄悄走了过去。要是别的野物，早就跑得不见影子了，可是这些呆头呆脑的鹿却不跑，好像不怕我们。我心想，这样才好呢。”喝得醉醺醺的谢大赫玛特连讲带吹，“我拿着枪走在前面。老头子跟在后面。这时，我忽然犹豫起来，我这一辈子连只麻雀都没打过，现在打鹿能行吗？我要是打不中，鹿朝森林里一跑，就再也找不到了。鹿会翻山跑掉，咱就再也别想看到鹿的影子了。放掉这样的野味，谁不觉得可惜呢？我们这老头子就是个好猎手，当年连熊都打过。我就对他说：‘我把枪给你，老头子，你来打。’可是他怎么都不肯！他说：‘你自己打吧。’我就对他说：‘我喝醉了嘛。’我一面说，一面就摇晃起来，好像站都站不住了。他是知道咱们把木头从河里拖出来以后，一起喝过一瓶酒的，所以我就装作喝醉了。”

“哈哈哈……”

“我说：‘我要是打不中，鹿就会跑掉，再也不会回来了。咱们是不能空手回去的，这你是知道的。要不然，你就瞧着好啦。他派咱们到这里来是干什么的？’他一声不响，也不接枪。我就说：‘好，随你便吧。’我把枪一丢，做出要走的样子。他跟在我后面。我说：‘我倒没什么，奥罗兹库尔要是撵我走，我就到农场干活去。你这么大年纪能到哪里去？’他还是一声不响。于是我就故意轻轻地唱了起来：我骑红马下了红山，叫一声穿红衣老板，请你把门儿开开……”

“哈哈哈……”

“他相信我当真喝醉了，就走去拿枪。我也走了回去。在我们说话的工夫，三头鹿走远了一点儿。我说：‘好啦，你看吧，鹿要是走掉了，就别想再找到了。趁鹿还没有受惊，开枪吧。’老头子拿起了枪。我们就悄悄追上去。他像痴了一样，一股劲儿地嘟哝着：‘原谅我吧，长角鹿妈妈，原谅我吧……’我就对他说：‘你当心，如果打不中，你就跟鹿一起跑远些吧，最好就别回去了。’”

“哈哈哈……”

孩子闻着恶臭的酒气，听着大声的狂笑，感到越来越热，越来越闷。他的头越来越涨，非常疼痛，简直像要炸开似的。他觉得好像有人在用脚踢他的头，用斧头劈他的头。他又觉得好像有人拿斧头对准他的眼睛，于是他把头晃来晃去，拼命躲避。他正烧得浑身无力，忽然又掉进冰冷冰冷的河里。他变成了一条鱼。他的尾巴、身子、鳍都是鱼的样子，只有头还是自己的，而且还在疼。他在宁静、昏暗、冰冷的水底游了起来，并且在想，现在他要永远做一条鱼，再也不回山里来了。“我不回来了，”他自言自语地说，“还是做鱼好，还是做鱼好……”

谁也没有注意，孩子从床上爬下来，走出了屋子。他刚刚转过屋角，就呕吐起来。他扶住墙，呻吟着，哭着，并且含着眼泪抽抽搭搭地嘟哝说：“我还是变成鱼好。我要游走，离开这里。我还是变成鱼好。”

在奥罗兹库尔家里，醉汉们在狂笑，在叫闹。孩子听到这种疯狂的笑声，就如雷轰顶，觉得非常痛苦和难过。他觉得，他身上难受，就是因为听到了这种奇怪而可怕的笑声。他歇了一会儿，又迈步朝外走。院子里空荡荡的。在已经熄了火的肉锅旁边，孩子撞在醉得像死人一样的莫蒙外公身上。外公躺在灰土里，与长角鹿妈妈被劈下来的角在一起。狗在啃着鹿头的碎块。这里再没有别的人了。

孩子弯下身，摇了摇外公的肩膀。

“外公，咱们回家去，”他说，“回家去吧。”

老人家没有回答，他什么都听不见，他连头也抬不起来。而且，他又能回答什么，说什么呢?

“快起来吧，外公，咱们回家去。”孩子说。

谁知他那孩子的头脑是否懂得，莫蒙外公躺在这里，是在为自己那长角鹿妈妈的故事的幻灭而痛心；是否懂得，外公违心地背弃了自己要终生信奉的东西，背弃了祖先的遗训，背弃了良心和自己珍贵的信念。而外公干这种事是为了自己苦命的女儿，也是为了他这个外孙……

现在，老人家因为痛苦难支，羞愧得无地自容，才像死人一样脸朝下躺在这里，不答应孩子的呼唤。

孩子在外公身边蹲了下来，想把外公弄醒。

“外公，你抬起头来呀。”他唤道。孩子脸色煞白，动作软弱无力，手和嘴唇都在打哆嗦。“外公，是我呀。你听见没有？”他说。

“我好难受啊，”他哭了起来，“我头疼，好疼啊。”老人家呻吟起来，动弹了一下，但还是没有清醒过来。“外公，库鲁别克会来吗？”孩子突然含着眼泪问道，“你说，库鲁别克会来吗？”他缠着外公问。

他终于使外公侧过身来。当老人家那沾满了泥和土、只有乱糟糟几根胡子的醉脸出现在他眼前时，他浑身发抖。孩子此刻好像看到了刚才被奥罗兹库尔劈碎的白色母鹿的头。孩子吓得往后一跳，他一面朝后退，一面说：“我要变鱼。你听我说，外公，我要游走了。要是库鲁别克来了，你就告诉他，我已经变鱼了。”

老人家什么也没有回答。

孩子摇摇晃晃地朝前走去，走到河边，径直跨进了水里……

谁也不知道孩子变成鱼顺着河游走了。院子里响起醉汉的歌声：

我骑骆驼下驼背山，
叫一声驼背的老板，
请你把门儿开开，
快点儿把苦酒拿来……

你游走了。你没有等库鲁别克来。非常遗憾，你没有等库鲁别克来。为什么你不朝大路上跑呢？要是你在大路上多跑些时候，你一定会遇上他的。你老远就能认出他的汽车。你只要招一招手，他马上就会停下车子。

“你往哪里去？”库鲁别克会问。

“我来找你！”你就这样回答。

然后他就会让你坐进驾驶室，你们乘车前进。你和库鲁别克就在一起了。前面的大路上还奔跑着谁也看不见的长角鹿妈妈，但你能看见它。

可是你游走了。你知道吗，你永远也变不成鱼。你也游不到伊塞克湖，看不到白轮船，不能对白轮船说：“你好，白轮船，我来了！”

现在我只能说一点：你摒弃了你那孩子的心不能容忍的东西。这就是我的安慰。你短暂的一生就像闪电，亮了一下就熄灭了，但照亮了天空。而天空是永恒的。这也是我的安慰。

使我感到安慰的还有：人是有童心的，就像种子有胚芽一样。没有胚芽，种子是不能生长的。不管世界上有什么在等待着我们，只要有人出生和死亡，真理就永远存在……

孩子，在同你告别的时候，我要把你的话再说一遍：

“你好，白轮船，我来了！”

from Aitmatov's family archive

作者年表

钦吉斯·艾特玛托夫
（1928—2008）

1928年

12月12日，出生在吉尔吉斯斯坦塔拉斯山区舍克尔村的一个农牧家庭。自小跟着父母在城里的俄语学校学习，学校休假时则被祖母接回山区居住，体验牧民生活，接触吉尔吉斯的文化和故事传说。父亲拉列库尔通晓俄语，是吉尔吉斯最早的一批共产党员；母亲纳吉玛·哈姆杰耶芙娜·艾特玛托娃是剧院演员，热衷文学，尤其是俄罗斯文学。

1937年—1938年

父亲蒙冤身亡，母亲带着一家四个孩子返回故乡舍克尔村生活。在乡亲的帮助下，艾特玛托夫和弟弟一同进入村里的学校学习。

1940年

一家人搬到基洛夫镇居住，再次进入俄语学校学习。

1942年

战争爆发，学业中断，年仅14岁便担任山村的苏维埃秘书，第二年担任征税员，深刻感受到了战争给广大无辜人民带来的灾害。

1946年—1956年	战争结束后，于1946年完成八年级学业，先后考入江布尔畜牧兽医专科学校和吉尔吉斯农学院。这期间开始撰写小说，于1952年发表第一篇短篇小说《报童玖依达》。1953年，从吉尔吉斯农学院毕业，进入吉尔吉斯畜牧研究所实验牧场工作，其间的所见所闻成为日后小说素材的一部分。工作三年后，进入莫斯科高尔基文学院学习，专心创作。
1957年	发表第一篇中篇小说《面对面》，正式踏入文坛。
1958年	自莫斯科高尔基文学院毕业，在《新时代》杂志发表了中篇小说《查密莉雅》，由此名声大噪。当时，法国作家阿拉贡称它是“世界上最好的爱情小说”。1960年，《查密莉雅》经由本书译者力冈翻译为中文，刊登于《世界文学》1961年第10期。
1959年	担任《吉尔吉斯文学》杂志主编。
1961年	发表中篇小说《我的包着红头巾的小白杨》。
1962年	发表中篇小说《第一位老师》和《骆驼眼》。这两篇小说与《查密莉雅》《我的包着红头巾的小白杨》以小说集《草原和群山的故事》的名字出版。次年，因该书获列宁文学奖。
1963年	发表中篇小说《母亲—大地》。

1966年	首次用俄语创作并发表中篇小说《永别了，古利萨雷！》。
1968年	《永别了，古利萨雷！》获苏联国家文学奖。同年，获得“吉尔吉斯人民作家”称号。
1970年	发表中篇小说《白轮船》。1973年，《白轮船》以内部发行的方式出现在少数中国读者的视野中。
1971年	获得列宁勋章。次年发表短篇小说《候鸟在哭泣》。
1976年	担任苏联作家协会理事会书记。
1977年	《白轮船》获苏联国家文学奖。同年，发表中篇小说《花狗崖》、短篇小说《我是托克托松的儿子》。
1978年	获得“社会主义劳动英雄”称号。
1980年	发表首部长篇小说《一日长于百年》。
1983年	《一日长于百年》获苏联国家文学奖。
1986年	发表长篇小说《断头台》，又译《死刑台》。
1990年—1991年	发表中篇小说《成吉思汗的白云》。被任命为苏联总统委员会委员；苏联解体后，被任命为俄罗斯驻卢森堡大使。

1993年	获得奥地利国家欧洲文学奖。年底，被任命为吉尔吉斯驻比利时大使，兼欧洲共同体和北约的代表。
1994年	发表长篇小说《卡桑德拉印记》。
1998年	获得“吉尔吉斯共和国英雄”称号。
2006年	发表长篇小说《崩塌的山岳：永恒的新娘》。
2008年	6月10日，于德国纽伦堡病逝，享年80岁。吉尔吉斯斯坦将这一年命名为“艾特玛托夫年”。